骆宾基全集

萧红小传

U0458751

著

山西出版传媒集团　山西人民出版社

图书在版编目（CIP）数据

萧红小传／骆宾基著 . —太原：山西人民出版社，
2022.7
（骆宾基全集）
ISBN 978-7-203-12213-5

Ⅰ . ①萧… Ⅱ . ①骆… Ⅲ . ①传记文学—中国—当代
Ⅳ . ① I25

中国版本图书馆 CIP 数据核字（2022）第 038651 号

萧红小传

著　　者：骆宾基
责任编辑：赵晓丽
复　　审：武　静
终　　审：姚　军
装帧设计：张镤尹

出 版 者：山西出版传媒集团·山西人民出版社
地　　址：太原市建设南路 21 号
邮　　编：030012
发行营销：0351 - 4922220　4955996　4956039　4922127（传真）
天猫官网：https://sxrmcbs.tmall.com　电话：0351 - 4922159
E — mail：sxskcb@163.com　发行部
　　　　　sxskcb@126.com　总编室
网　　址：www.sxskcb.com

经 销 者：山西出版传媒集团·山西人民出版社
承 印 厂：山西出版传媒集团·山西新华印业有限公司

开　　本：720mm×1020mm　　1/16
印　　张：9.5
字　　数：150 千字
版　　次：2022 年 7 月　第 1 版
印　　次：2022 年 7 月　第 1 次印刷
书　　号：ISBN 978-7-203-12213-5
定　　价：68.00 元

如有印装质量问题请与本社联系调换

目　录

《萧红小传》前言

　　本书增订部分，是作者女儿张小新（作者原名张璞君）于一九八七年出国（现在日本东京大学研究生部为研究生）以前所存辑的。内中《萧红简传》一篇为一九八一年《十月》以"生死场·艰辛路"为正标题发表，并曾得《十月》文学奖。在此作者仍用副标题"萧红简传"为篇名，因为它和《萧红小传》所不同的是前者为萧军生前所自叙，而后者作为萧红本人所口述，因之作为附录保留在这里，以供对萧红生平及作品有兴趣者，及中国现代文学研究者——尤其是日本的老一辈汉学家中山时子教授、伊藤敬一教授，还有庆应义塾大学现代中国文学研究家西野广祥教授、法政大学《萧红小传》译者市川宏教授、御茶水女子大学萧红作品研究者平石淑子女士、香港中文大学小思讲师、南韩史学家金载燮教授和美国《萧红评传》作者葛浩文教授诸友——参考。

　　另外作者一九四九年两幅照片也是编辑人张小新保存。四九年以前三幅照片为萧耘女士所供给。按：萧耘女士是萧军的女儿，曾多次伴随萧老出国，现在北京作家协会任职。

　　一九九一年端午，正值萧红八十年诞辰，本书作为纪念集出版，也算是明年即萧红逝世五十周年的祭礼。

作者

一九九一年五月

萧红逝世四月感

萧红于一九三四年，从遥远的中国北方，出亡。她在孤独的生活中，给中国的文学，带来了春天的一道阳光——青草发芽，树荫遮道，大地充满了生命之爱，欣欣然，中国文学仿佛向日葵得到了从满天乌云之间展开的一条晴空缝隙下的朝阳的温暖。

这一道阳光照射到哈尔滨附近的贫苦村庄，照射到羔羊、母鸡和老马，以及《生死场》中每个褴褛的农夫、农妇的身上。

这一道阳光，花开三月的阳光，也射照到呼兰河、县城、县城里的大泥坑、扎彩铺、卖麻花的、卖豆腐的……以及自尊心很强的有二伯和遇到小孩子每每喜欢说"你看天空飞个家雀"，而趁那孩子往天空一望的工夫，就伸手取下孩子的帽子，放在长衫下又说"家雀叼走了你的帽子"，那慈祥可亲的祖父身上。

这一道阳光，照射到中国民族最穷苦的阶层，有的影子萎缩，有的影子高昂。仿佛在人间巡视一遭，孤独而寂寞地，又于一九四二年一月二十二日消失了。在宇宙间，永远消失了。正像那位象征着中国北方严冷冬季的鲁迅的形态在宇宙间消失一样——萧红的出现正是继续鲁迅传统的一道春天阳光的降临——此后，形态也是消失了。

鲁迅的一生是严肃的，萧红的一生是热情的，鲁迅的严肃中埋潜着热情，而萧红的热情底下埋潜着寂寞。

若是谁在北方度过冬天，那么他就会看到无边无际的大雪。这雪，埋葬了腐草，使它变成了大地的肥料，冻僵了寄附在植物丛间的害虫。

远远近近连森林带峰岭、大地，全受这雪的洗礼。

除了树木朝阳的枝干，呈现木质本身的黑色外，宇宙间一切都是白的。

人们和马车，在雪地里奔走着，谁也看不见。这是只要在北方冬季旅行过的人们，时常碰见的事情。但又不是真看不见，因为车篷子上是雪，车夫的狗皮帽子上是雪，皮大衣的外面，也全是雪。若是两辆车在一块儿走，前一辆的人马再矫健而后一辆人马又老弱，那么跟着跟着，车夫的注意力稍一松懈，就会寻找不到前边车马的踪迹。再倘使北风还在继续掀卷着雪层，而前一辆车的轨痕给风雪掩没了。那么车夫只好两手遮声，朝半空高喊，但是风嘶雪啸的声音，往往消减了人声的效能，那时候，唯一办法，只有车夫得赶急从车篷子下抽出点干草来，喂马料也可以，用火燃着，使浓黑烟雾冲霄直拔，以便前一辆车望烟可寻，可是往往又不待浓烟冲霄，而前一辆车的车夫就会跑到适当距离喊："伙计，你那做甚么呀！"等到顺声一望，那么就能望见前一挂车辆，并不会远，至多隔离三两丈，就在跟前。

这样风雪呼啸的天气，很容易想象到，该有多么寒冷。车夫若是个老人，胡须定规结成三五根挂冰的冰柱，越是寒冷，口涎和鼻涕越是多，随着冻结，凝成冰柱；而年轻的赶车老板子，狗皮帽子的遮耳——是放下来遮脸的——近鼻和嘴唇的狗皮毛上，也会结层薄冰，或是白霜，因为他有呼吸。坐在车篷子里的旅客，往往在这时围着羊毛毯，打盹。时间一久，就会觉得脚下透风，等到醒来，身体是温暖的，两脚却已经冻得疼痛起来。于是有经验的车夫就会告诉你："下车跑跑吧！两脚在雪里走一会子，就会热了。"若是手冻得红肿作痛，他又会说："抓把雪洗洗吧！洗几次就暖和了。"此外，屯子里每一口井，是蒸气腾腾的，近而感到微温，山野中每一口泉子，也是蒸气腾腾的，近而感到微暖。

这是冬季大地底下潜伏着的温暖，正像鲁迅的冷酷笔下所潜伏的热情。

而萧红本身，就又仿佛山腰当中一道泉水的溪流，清澈见底，倒映着两岸的初春绿草，也有一两片云影，蓝天田野闪着道道阳光，大部溪流又埋在树荫下，寂寞地流着，流着……却又听不到一点声音。实际上，除去水面微风吹起的波纹，又是甚么也没有。

萧红就这样任凭生命之流，寂寞地流着，而给予人们，却是温暖，像溪流给予人类的优美一般。

萧红逝世四周月了，而朋友们都是哑然无声。有人说："死后是这样哑悄无声。"哑悄无声本身，不就是很大的哀痛吗?

一九四二年五月于桂林

萧红逝世一周年祭

一

那天——一九四二年一月二十二日的那天，六点钟的时候，萧红躺在圣士提反临时医疗站的一间单独病房里的铁床上，失去了知觉。

她的黑发披散在高高的枕上，是那么松散，脸色又是那么黄——纸黄。眼睛隐在睫毛间，给人一种她在艰难地和自己那渐渐低微下去的呼吸相抵抗的印象，她是挣扎着喘息，虽然那喘息是逐渐低微，虽然她已失去了知觉。

床侧有人在哭泣，手掌埋着脸。我的手掌也埋着脸。

那天，一九四二年一月二十二日那天，十一点钟的时候，萧红躺在香港圣士提反临时医疗站的那间单独病房的铁床上，失去了生命。

她的黑发依然披散在肩上，身子笔直地裹在有玛丽医院标记的纯白色的柔质羊毛毯子里，脸色平静，而且有人给她合上了眼睛。我试着心脏和体温，体温照常，心脏却是非常低弱，但还在跳动。然而萧红的嘴唇却是冷寂，断绝了呼吸。

我仿佛听见英国娜斯的低声叹息，从那声音里，我仿佛知道她站在门口，我仿佛还感到她用手绢揩眼睛。

宇宙间失去一个这样的人，仿佛就没有声音了。

宇宙间失去了这样的一个人，仿佛就没有颜色了，只是纯白的羊毛毯，松散的黑发。

二

那天，一九四二年一月二十二日那天晚上，我独自一个人，走出圣士提反临时医疗站。

皇后大道上，全是些拥挤的人群，日本军队已经占领香港有二十六天了，所有居留在香港的华侨，仿佛全从屋子里走出来；所有香港的高楼大厦，仿佛全空无一人了。满街都是稠密的赌摊，满街都是稠密的糖果摊，满街都是稠密的赌客，满街都是稠密的游游荡荡吃零嘴的人。

我独自一个人走着，在那些稠密的行人丛间，斜着肩走着，完全是穿越一块森林地带的神情，完全是穿越一块满洲的高粱林子的姿态。

但在路过一个零食摊的时候，我丢下一角港币，并且不知道有没有摊主守着摊，就拿了四块纸包的咖啡糖。剥开一块放到嘴里，我是饿了。仍旧斜着肩，穿越人丛。

威灵顿街的岔路口前，那宽阔的皇后大道中，照例是一条行人自动排起来的长队，有的还没有走到日本哨兵眼前，就高高举起两手，有的还没有移到可以望见日本哨兵的距离，就脱下帽子。我一手插在裤袋里，一手提着个空的皮行囊，口里还嚼着咖啡糖。实在我自己又不知道那糖是不是甜的。

等到有人拉着我的胳膊，说是那皇军是向我招手的时候，我就离开行人自动排成串的队形，走过有铁丝网的栅栏口。

"你嘴里是甚么东西？皇军叫你吐掉。"

我就吐了糖。

"你的，甚么的，干活？"

"哇连库西哇，上海其道兑斯内！提差儿敖付斯库儿，兑斯内！"

"日本话哇嘎利马西达嘎！"

"哇嘎利麻思恩！"

"嗷！上海其道……乙记麻啸！"

我又说声谢谢，依旧用穿越森林的姿态，走了，既没有受惊，也没有自庆，仿佛盲者，脚触到毒蛇，而当作一段绳子头一样。

路过一家赌场，我用穿越森林的姿态，走了进去，把袋里所有的港币押上去，我赢了六倍的钱，就收到手里，依旧穿着满洲的高粱林子似的走出来，仿佛是单身旅客在高粱林子里打了一支乌霉。

我的脚步进去是那么缓慢，出来也是那么缓慢，我感觉到疲惫，要休息。

在番茄摊子前，我停下来。从前我也常常在这里买番茄，带给逝者吃。

"多少钱？"我拣起一个来。

"六角。"

我放下番茄，不知当时想到甚么，我依旧缓慢地走了，这次是两手插入裤袋里。

如果这算是悲痛，那么在萧红逝世的第一周年的忌日，我写出那天——一九四二年一月二十二日的那天的心情，算作哀悼以致祭。

萧红小论
——纪念萧红逝世四周年

少女时代的萧红先生就以勇者的姿态向社会思想的封建势力抗拒了，最初她背叛了她的大地主家庭。那大地主家庭，就是这社会思想的封建力的一个具体，无数具体中的一个有力的据点，她的反抗它，也正是反抗那抽象的社会思想的封建。虽然她没有和整个的进步社会思想的主流连结，虽然她是把这一战斗看作是个人与家庭的问题，然而也正由于此，她向那被她当作孤立的，不是社会封建的整体的一部分的封建家庭宣战，而且是获胜了，就是说，没有被俘，她终于得到了解放。这也就是进步的社会思想力的一个个别战斗的胜利。她是果敢而坚毅的。在《初冬》那一篇散文里，我们可以看到这勇者的姿态。

初冬，我走在清凉的街道上遇见了我的弟弟。

"莹姐，你到哪去？"

"随便走走吧！"

"我们去吃一杯咖啡好不好，莹姐。"

……我们开始搅着杯子玲琅的响了。

"天冷了吧！并且也太孤寂了。你还是回家的好。"

我摇了摇头，我说："你们学校的篮球队怎样？还活跃吗？你还是很热心吗？"

然而到底少女时代的萧红先生发现她自己面对着的是势力雄厚的一种社会力量了。不仅仅是一个大地主家庭，在《黑夜》那篇优美的散文里，她写道：

　　　　也许是快近天明了吧！我第一次醒来……我就像睡在马路上一样，孤独并且无所凭据。
　　　　……我对她并不有着一点感激，也像憎恶我所憎恶的人一样憎恶她。虽然她给我一个住处，虽然从马路上招引到她的家里。

　　然而这时的萧红先生颓丧了吗？没有。

　　　　假如走出去，外面又是"夜"。但一点也不惧怕，走出去了。
　　　　我把单衫从身上褪了下来。我说："去当，去卖，都是不值钱的。"
　　　　这次是用夏季穿的通孔鞋子去接触着雪地。

　　这就充分说明为甚么萧红先生和作家萧军一相遇就建立下以后的辉煌的共同战斗的基础。这是一个伟大的见面。他，作为给哈尔滨《国际协报》副刊投稿人的萧军，见到那副刊上披露的萧红先生的待援的信息——在这里我们必须指出这是一个孤立战士向进步的社会思想领域发出的呼喊——雄壮地来访了。那时候萧红先生正被困在一个中国旅馆里。这个会见，是两种向顽强的旧社会作战的战斗力的结合性的会见，这正和当时历史的逆流——日本法西斯思想——和那顽固的社会封建力一接触就结合起来作正比例的。一个坚强的以行动向社会封建力撞击的战斗力和一个在思想领域做着艰苦斗争的战斗力只要接触到，那拥抱力的坚强是可以想象到的。而且他们的战斗性能，立刻融为一体，那就是说，不只是萧红先生在行动上和社会进行搏斗，而且加入人类思想领域里作战了。她和萧军合著了《跋涉》。

然而终于萧红先生不得不和作为她丈夫的萧军共同撤退了。这不是失败，而是向作为祖国革命的社会思想力的主力军大本营的上海集中，这是孤立的战斗力和主力的汇合，而且必须汇合，因为敌对的封建社会力配合了日本法西斯的军力，是太雄厚了。

汇合之后的大会战，那外面的迫害力不是围攻性的，因为这是思想领域里两大阵营的会战，而作为主力旗帜的是鲁迅先生，自然萧红先生感到的那敌对威力，较之在哈尔滨的减削了，因为到底另外是有着主力军的战斗。

就在这时候，作家萧红感受到另一种社会力的威胁，那就是社会的男人中心力。这是早已存在的，所以在这时候才显着，那正是由于会战性的战斗力分散，就是说外在的迫害力不得不向主力军集中，不得不分散配合，这是一个必然的空隙，萧红先生在这空隙间注意到那日益膨胀的社会中心力，实际上，虽然并不是日益膨胀，而是历史的存在。她感到自己是这种社会的附属物，在这点上，作家萧红大胆地抗拒了，不只是想到，她是向历史挑战，她将孤立，因为如那些机械的等待主义者们所说："得等到社会解放了，再来谈妇女的解放呀！"而萧红先生是不能忍从、等待。她在行动上大无畏地开始抗拒。

最初，她是秘密出走，她在上海法租界某一个绘画学校报了名，而且作为寄宿生匿名上课了。然而她被发现了，那学校是不收有丈夫的妇女的，何况"家庭"在干涉。结果，她终于只身出国，一九三六年去东京了。她感到在历史面前她是孤独的，如她所说："所有的朋友都是站在萧军那一面。啊！男人社会……"这问题她是必定解决的，她的血液里没有屈服的因素。

这就说明了一九三八年春天当她和萧军先生分开的时候，为甚么以自己为中心在身旁树立一个懦怯的弱者。

然而在这一战役上，作家萧红是失败了。因为弱者正因为弱，在面对着和顽强（反动）的社会势力作战的时候，他同样是弱者。而反之，在历史对他有利而且和封建社会站在一起，弱者面对着一个孤立的妇女，又是以强者姿态自居的。

　　就这样，作家萧红回忆到过去，她所来自的路上了。她在《回忆鲁迅先生》之后，又写下了《呼兰河传》，这是思想突击力转折的时期，它缓缓流着……

　　思想变为行动，正如地下突出的暴突泉一样，开始它是奔腾的，及至它占据了它的位置而平静，而停止奔腾，那也只是在积聚，在缓慢地膨胀，在向四周逐渐开展，随着地势而潸潸地伸涨，直到它为两岸限制，它将规律地奔流，如罗曼·罗兰所说，带着一路的尘沙，它将灌溉两岸的大地。然而就在这时候，萧红先生的体力突然衰弱了，一九四二年一月二十二日午前十一时，在香港逝世。遗留给中国文学史上的是她的几部著作和一个巨大的遗憾。

　　　　　　　　　　　　　　　　　　一九四六年萧红四周年忌日
　　　　　　　　　　　　原载一九四六年一月二十二日重庆《新华日报》

《萧红小传》序

一

当一个人感觉到自己是强者的时候，正是他在思想上和战斗主力结合着的时候，也正是和群众谐和地结合为一体的时候。反过来说，当一个人离开了思想上的战斗主力的时候，从战斗退出来的时候，落在战斗背后的时候，也就正是感觉到自己是弱者的时候，感觉到群众之外自己的个体存在的时候，感觉到孤独的时候。

因之，我们可以说，软弱和孤独是分不开的，反过来说，强者和群众永远是一体的。

从列夫·托尔斯泰的《战争与和平》里，我们可以找到这样的例子。当罗斯托夫作为战斗部队里的骠骑兵奔赴战场的时候，他想"赶快，赶快吧！"他"觉得尝试攻击之乐的时间终于来到了"，"他向前试验他的坐骑的奔腾，于是更觉得愉快"。他注意的是前面的一棵树。"他变得更愉快，更兴奋。……"他抓住剑柄想"呵！我要斩他。"听到群众"乌啦！呵！呵！"的震吼，"好，现在无论他来的是谁，"罗斯托夫想，刺动白鸦嘴，越过了别人，让它奔纵。——当他受了伤退出了战场以后，想起的是："俄国的冬季有温暖的明亮的家，毛毛的皮衣，迅速的橇车，健康的身体，以及全部的家庭亲爱与关心。"

同样的当安德莱公爵作为战斗主力的一部分，想着"它来了！"，"抓住旗杆，欢欣地听着显然向他射击来的子弹声"，大呼"乌啦！""几乎双手拿不起沉重的军旗，他向前奔跑，无疑地相信全营要跟他跑"，并挥动军旗和全营向前跑，他所注意的是前面，"他看见法国步兵夺得炮兵马匹并转动大炮"。但当受伤倒在了地下后，他注意的却是"高远的天，……有静静地在天空飘移的灰云"。并且想"为甚么从前未曾看见过这崇高的天穹……除了这个无极的天，一切是空虚……但甚至它也是没有的，除了寂静与安宁，甚么也没有……"

我们可以从这里说明，当一个人在战斗的时候，也就正是我们称作强者的时候，也就正是他和战斗主力密切结合的时候，或者被看作战斗力的一部分的时候，或者肯定自己是战斗力的一部分，注意战斗主力挥戈所指的方向而向前奔跑的时候。那么，自然这是很明白的，当他软弱的时候，也就正是退出战斗，或者落在战斗背后，或者不被战斗主力所注意，自己也不去注意战斗主力挥戈所指的方向的时候。

因之，我们又可以这样说，强者注意的是前面，并不是遥远的未来；而弱者就眷恋着甜蜜的过去，或像安德莱公爵那样躺在地上，浏览着静静的天空飘移的白云，而感到空虚。

我们又可以这样说，强既然是由于不断的战斗所形成，群众和个人化为一体的意志所形成，而弱者是从离开战斗只作为孤零的个体存在而来的，那么，强者并不是天生的，而弱者也不是自然学上的那么固定的。

二

萧红就是以强者的姿态生长、壮大的途中又受了重伤，而落在了战斗主力的背后，但她还没有躺在地上望着静静地在天空飘移的白云，可是孤寂的存在，还是从她的作品里感觉得到的。

自然这还由于她受封建及殖民地买办意识欺凌与迫害又重的缘故；作为历史上的存在，她是一个有着光辉战绩的战士。

愿我们新中国的青年男女，从她身上跨过去。向前，向前，永远注意着战斗主力的旗帜所指的方向，不离开群众，不间断地战斗。

　　勇敢地向前，

　　再向前。

一九四九年十二月十四日，济南

《萧红小传》订正版前记

一

首先，我须声明，我并不是一个萧红以及萧红文学作品的研究者，而《萧红小传》在当时（一九四六年冬）纯属一种为了摆脱由于她的巨星般的陨落而在精神上所产生的一种不胜悲怆的沉重负担，作者所寄托的"哀思"。

因之，书中摘引了当时很多对萧红的逝世怀着与作者同样真挚的哀痛之情的纪念文章中的有代表性的词句，但却都没有注明引自的期刊名称及年月，这是直到现在已经为作者所不能弥补的了！想不到后来这本传记在上海《文萃》刚刚连载完，西南联大的一部分进步的大学生就集资翻印出书了。并且依靠翻印《萧红小传》而获取了各自可以离开川滇北上的路费，更有的到了沈阳，不惜精力奔走活动，几经周折，打通"东北行辕"军法处的各个关节而去狱中探望作者，并给作者送了由于翻印《萧红小传》而赚得的一笔余款。这种感情对于当时处于生死未卜之间的一个"军事政治犯"来说，它的珍贵以及带给作者的无与伦比的宽慰，读者是可以想象到的！更想不到，直到今天，据说海外仍有出版商在翻印。而且，不但在日本有以萧红以及萧红的作品的研究为取得博士学位的研究者，就是在美国，继史沫特莱、斯诺夫人海伦·福斯特之后，还有学者——由于研究萧红的创作历程及其作品而获取了博士学位——并把《生死场》与《呼兰河传》于七十

年代译成英文在美国出版。这就是旧金山州立大学的副教授葛浩文先生。（《生死场》为与艾琳两人合译）

萧红以及萧红的作品，既然已经成了世界文学宝库中为人民所共有的精神财富，那么在我们国内就更有必要对她以及她的已达到世界文学艺术高峰之列的那些作品，如《生死场》《手》《牛车上》《小城三月》《商市街》《呼兰河传》《马伯乐》等等，进行认真研究了。而《萧红小传》又是一本研究者不可或缺的参考书。正因为它有一定的参考价值，就有必要订正重版出书了。

二

另外，国内外研究萧红以及萧红作品的学者正在兴起，这和作者所引录的那些悼念性的致哀文字完全不同，而是在做深入的研究。但正由于这缘故吧，也就不免有传闻失误或者别有目的的论点混杂其中。例如，在香港就有作者著文说：

"萧红在养和医院接受治疗时，骆宾基很少去探望她。"

这就属于有来历的传闻之误了！责任倒不在作者。事实怎么样呢？

作者与萧红在香港初次见面，这是事实，由某人带到九龙乐道萧红与人同居的家中，也是事实。"太平洋战争是在一九四一年十二月八日爆发的，萧红于一九四二年一月二十二日离开人间，前后只有一两个月时间，很短。"这都是事实，但有一点，并不一定为这位作者所知。那就是，从一九四一年十二月八日太平洋战争开始爆发的当天夜晚，由作者护送萧红进入香港思豪大酒店五楼以后，原属萧红的同居者对我来说，是不告而别。从此以后，直到逝世，萧红再也没有甚么所谓"终身伴侣"这一种人在身旁了。与病者同生死共患难的护理责任就转移到作为友人的作者的肩上，再也脱身不开了。

一九四一年十一月，萧红在战争期与战后经过四迁而后进入跑马地养和医院，这已经是战争威胁解除约两周之久了。曾经不告而别的

T君，又同样突然地不告而来，并且还带来了全部行李，自告奋勇式地表示愿意伴我来陪住了。萧红对之，如对"似曾相识"的普通路人，而我一见他那殷勤模样，不须说是欢迎的。因为我在入院之前的一夜，就已经疲惫不堪，我需要找个僻静地方，安安静静大睡一觉，而萧红很敏感，立刻要T君出去，要单独和我谈话。说明要作者护送其到上海的打算未变，同意我回"时代书店"宿舍去休息一夜。条件是，我绝对不能离开香港，擅自跑回九龙去探看从战争开始之日我出走以后再没回去过的那个二楼寓所。岂知，事隔三十七年，一夜之别，竟然变成了"很少去探望萧红"。这是与事实不符的。又如，国内某学院院刊有人著文，称萧红为"反帝爱国女作家"，评及《萧红小传》——解放以后三十年间，这本《小传》国内并未再版，为甚么忽然评论起它来了呢？——说得倒也很有礼貌，认为《小传》的作者"过多着重于爱情方面的悲欢离合"了，因此以为遗憾。实际上，文章是别有目的。"画龙点睛"式的一笔，在于说萧红与萧军的离开，是萧红和"反革命"的诀别。萧军是一九三九年在西安和萧红分手的。真不知道当时萧军回延安去吃小米怎么会成了"反革命"？难道萧红和萧军双双由青岛逃亡上海，两人各自以《生死场》与《八月的乡村》（都是鲁迅先生作序）作为"奴隶丛书"出版，都成了"反革命"的活动了么？

这是《萧红小传》有重版的必要的第二个理由。

三

《萧红小传》原版有失误之处，主要有两例，现在都做了订正。一是萧红的祖籍为鲁西的莘县，而非胶东的掖县；一是一九三二年冬进入哈尔滨红十字会医院的产科，而非一九三三年冬。自然，相应做了订正的，是留在哈尔滨那所医院妇产科的婴儿，并非是萧军的孩子。所以出现这样的差误，主要原因是《小传》的素材，大部分是根据萧红本人与作者在炮火威胁下，处于生死未卜之际所做的自述。自然，我也自叙身世与入世流亡以来的阅历。这样亲如"知己"而情如姊弟的谈话，就把我们带到了一个不染世尘的精神世界里去了。既忘记了自身是处于战火威胁之中，也似乎根本听不见存在已久的隆隆的炮声了，我们如处沙漠之中的绿洲，别有一所神旷心怡的天地。她对我谈的唯一的一篇将要写而还未及着笔的短篇——关于"望花筒"的小说，后来我以"红玻璃的故事"为题写出来了！而我谈的关于冯雪峰同志未及完成的以红军长征为题材的长篇小说《卢代之死》，深深感动了她，誓愿病好之后邀集多人共同来继续完成这部杰作。这就是萧红直到逝世之前念念不忘的"那半部红楼"。因为当时，冯雪峰同志还因禁在上饶集中营，我们很难想象他再会有完成这部长篇巨作的机会了！因之，在姊弟般倾心相谈中，谈者或有选择，有所忽略，而听者也许别有所思，有所疏失，以至出现了差误。这次都一一做了订正。因为作者还在病中，积蓄一点精力很不易（事繁而客又多），所以惜墨如金。这样一来，也就保持了它原来的风貌，等于重版。遗憾的是，本传偏重于萧红个人的历史，而未能论及她的文学作品。

萧红短促的一生，正反映了中国的处于半封建半殖民地社会压迫摧残之下的广大的知识界新女性所共有的命运。她的经历充满了不屈和勤奋的斗争，是有典型的意义的。自然，也带着不可摆脱的属于历史的烙印和伤痕。恐怕这也就是为甚么在国内外的中国现代文学研究者们，特别喜欢选择萧红为研究对象的原因所在了。自然，还有她的出众的才华，这是法国著名女作家乔治·桑的《魔沼》之类作品或可与之媲美的。而关于她的文学作品的研究，是本书的不足之处，为研究者们留下了广阔待垦的一个领域。

四

本书订正重版，在作者是怀着以上的三点客观的因素而产生的要求；但在黑龙江人民出版社来说，却又别有原因，那就是接到许多读者的热情呼吁信件，要求《萧红小传》能在国内重版。

五

最后，本书由于黑龙江人民出版社之助，得以订正重版出书，不由不使作者想起完成初稿后交付黎澍同志不久，就在北四川路口之西一座简陋咖啡馆，和《文萃》编者骆何民同志见面的情况了。《文萃》不但决定连载，而且预支给我一笔"远行"的旅费。一九四七年春节之夕小雪霏霏，我登上一艘载货轮船离开了黄浦江滩的码头，正是阳历二月。不想三月初就在去哈尔滨解放区途中，于长春市郊被捕入狱。等一九四九年作者在"南京特刑所"——由于李宗仁上台而释放政治犯——出狱的前夕，就已听说骆何民同志还关在南京伪警备司令部监狱，等我逃亡上海之后就传说骆何民同志已在南京为敌特杀害。一代豪士，就此殉身。在这里附记一笔，以志作者的哀念。

一九八〇年六月四日

萧红小传（修订本）

一、恬静的日子

哈尔滨南岗是一个有名的风景区。

街道宽阔，路旁有两行树。树下排列着西式板条长椅。那些长椅是草绿色的，两椅之间隔着相当的距离。疲倦的行人坐在这里休息。有时是推着婴孩的有篷卧车的保姆，或是俄国籍的街头流浪者，牵着小狗做街头散步的落魄绅士，在这里沉思，在这里蜷着腿抽一支慰藉人神的纸烟，在这里捧着下颔痴想甚么。假若是冬天落雪的日子，街道上是寂静的，可以清清楚楚听见行人踏着雪的脚步声。老远有辆马车，还不见踪影，就会使人注意那声音来自的方向。

春天，这里的街道上，可以听见树雀的啾鸣。就是酷热的暑日，这里还是同样的宁静。不管路上声音有时是怎样混杂，那两旁的木条靠椅，总有几具是在树荫底下的，那么就总能见到有人在那椅上打盹，或者用草帽子遮在脸上蔽阳光。

距离这条宽阔的街道不远，就是邮政街。哈尔滨东省特别区区立第一女中就在这条街上。萧红少女时期的日子，就是在那坚固砖墙的院落里恬静地度过的。校门，有水门汀的台阶，黄昏是关闭着的。楼窗临着墙外的马路，窗前有树，墙里也有树。对这里，萧红曾说："墙里墙外的每棵树尚存着我过去的记忆，附近的家屋唤着我往日的情绪。"

据萧红那时候的同窗好友说，她并不像《手》里所写的那个自己那么顽皮。相反，她是恬静的，很少谈笑而且有些孤独。不喜欢和人往来，但也不忧郁，而且是常常怡然自处。

她的本名是张迺莹，一九一一年在黑龙江省呼兰县一个地主家庭里降生。远祖来自山东东昌府莘县。她还年幼，母亲就死掉了。她的祖父，一个健康而乐天的六七十岁的老人，很疼爱她。另外她也有些表姊妹，在离城二十来里路的乡村。她孤独而又怡然自处的性情，是从幼年就开始了的。

一九二七年她是第四班的一年级生[1]。那时候，哈尔滨东省特别区区立第一女中的校风活跃，第三届毕业班的孙桂云，就是以运动而驰名全国的。第五班的女生间起核心作用的是 K 小姐，美容而又有交际场的仪态，自然形成了一种独特的班风。萧红的这一班，也就自然必定要有一种独具的班风来对抗，但这该是甚么呢？

萧红这一班起核心作用的，就是她自己。一个在古朴的小城镇里生长起来的少女。

这时候，她只能从那个对她冷漠的地主家庭得到仅能缴足学费的一笔款子。就是这笔微小的款子，在那个地主家庭，无异是对她一笔很大的恩惠。而她自己却又连这笔微小款子的接济都觉着是一种莫大的羞辱，因为她觉得既然不得父亲的欢心，却又受他的恩赐，不管怎样，除了显得自己的可怜，是找不出另外解释的。

她应该用甚么来自傲呢？用甚么来对那个顽固而又偏心的父亲报复呀？然而这也仅是离开家，从父亲手里接到钱时候的感情。实际上，如其说她的父亲并不爱护她，倒不如说因为他不愿意损伤她的继母，或者说，是更爱他的续弦的太太。

这不屈辱的性格所以形成，是有着它的远因的。因为内心怀着这种和家庭抗拒的心情，也就正是萧红所以很少谈笑，而总是恬静地埋

1　又据萧红另一同学说："张迺莹是第四班的一年级生。"

头学业的缘故。

然而她现在必定得找一个精神的出路，据此来和别的班次相竞争的出路。

"啊！好漂亮呀！礼拜天，我在道里中央大街碰见她了，新式大衣，围着一条白围巾，和一个男的一块走。"

"那是法学院的学生，大学生呢！"

萧红听见同学间这种谈话，她恬静地读着书。

"那又羡慕甚么呢？孙桂云才是咱们学校里的荣誉！"

"管这些做甚么？你的英文怎么样？明天若是背呢？"

她又听见这样的谈话，她抬起头来向这两个人注视了一下。她心里感到一种慰藉，是的，得预备预备英文。然而萧红的兴趣，可不是这一课程。她这时醉心的是绘画。

绘画教师，是一个从上海回来的青年，美术专科学校毕业，名叫高仰山，是吉林省人。他带到教室的不只是各种素描，主要的是从上海带回来的"普罗"的艺术气息。这气息感染着萧红，她突然发觉自己原来就有绘画的天才，她可以走下去。这是一条展现在她前面的美丽的道路，那道路是朦胧的，有烟雾似的……灰天、绿树之间，有一个人挟着调色板和画架子，在这条路上走着，那就是未来的自己，一个女画家呵！这幻想给了她温暖和生命。

晚上，她从宿舍窗口望着天空的星星和体育场上的白霜一样的月光，好美呀！这月光的白色，好白呀！那些秋天的小星，好冷呀！而那深远的云色是这样的蓝，而怎么又宝石似的透明！

"你睡不着么？"

"没有睡，你呢？"

"也睡不着。你听——树叶子都落了！"

"秋天啦！"萧红说，"你看月亮光好白呀！"

"可不是。"

沉默了一会儿，萧红又低声说："沈玉贤，若是礼拜日天气好，我们找王粟颖一起到野外去写生呀！"

"到哪去写生呢？"

"到松花江大桥那边去，好不好？"

"好吧！"

"最好那天是晴的日子。天陲有一片白云，或者是遥远的天宇一角有黑云。那边三五十里以外的乡下落雨。那么这画面就更漂亮了。"萧红心里这样默默地幻想。

实际上，临近的冷静街头上，那些亡命的流浪白俄、退职的将军，还有眼光茫然坐在行人椅上的衰老的俄罗斯贵族，不都是很好的绘画资料吗？然而萧红距离这人间的现象还远，她醉心的是自然界。在她以后的著作里，也到处可以看到这类的句子："夏天又来到人间，叶子上树了。假使树会开花，那么花也上树了。""那些瓜蔓子牵牛花多么自由呀！愿意向树上爬，就向树上爬；愿意上墙呢，就向墙上爬。"因为自然是美的，单纯的。而人间也有美的存在，可是不这么单纯。它是潜在于丑恶当中，只凭人类的可怜的视觉，是不会发现的。那必得插身到社会上来。在人与人的生活间它存在着，它寄托在人类的心魂上，而在人与人的生活间出现。不插身到社会上来是不能发现美的。正像整年关在都市的鸽笼小楼里的孩子，没有投身到自然的旷野之间的机会，就不会发现自然境界的美是一样的。而这些孩子的美的感觉大部分是在胃门上。

萧红这时候的憧憬自然，是因为她在人间的生活上所见到的多是丑恶和痛苦的。譬如说，她从幼年的时候，就失去了母亲；看见别人都有一个钟爱自己的母亲，那幼小的灵魂是怎么空虚呀！因之，她的亲戚家的表姊妹随着父母到她家做客的时候，她大部分是冷静地站在门口。若是哪个快活的孩子向她偷偷地表示，多么希望和她背着大人的管束，在一起玩儿的时候，那么她只有一样可以骄傲的，那就是她的古老家宅背后的草园子。那荒凉的草园子里，沿着墙角有些婆蒲丁花。偶尔从墙外飞来一只蝴蝶，那就更使这寂寞的小主人幸福了。而草丛间有蚱蜢、蟋蟀，好丰富的乐园呀！在这里，萧红忘却了她的悲哀。若是受了父亲的责罚，祖母护着躲出去，她也是来到这草园子里的。

一个人哭一会儿就忘了。呵！小黄花上有只大蜜蜂。

人类的生活有甚么美呢？她向往自然。春天了，燕子含泥筑巢了，开冻的小河渤渤发着悦耳声音了。呵！好美。雪日初晴，阳光暖暖的，融雪闪着光辉，呵！晒晒阳光好幸福。这些感受都在鼓励着她，"画吧！画吧！"她决定做一个画家了。她幻想着、梦想着，很久很久没有睡着。

第二天，她们三个人聚在一起谈话了。王粟颖、沈玉贤和她自己。

王粟颖是一个健壮而忠诚的女孩子，仿佛比她高一班。

"那么我们发起一个画会吧！推你做总干事。"她说。

"总干事我不做的。我也做不来呀！"

"可以，你怎么做不来呢？"

"不，我做不来。"萧红说。

然而做不来也得做，她们的野外写生画会开会成立了。绘画教师高仰山热烈地赞助她们。她们决定了，下礼拜就到野外去写生。可是天气变了。九月底的样子，一天晚上，起风了。黑云满布，恐怖的风声，惨厉地从近处刮向远方，又从遥远的远方刮回来追逐甚么似的，捕捉甚么似的，狂声呼啸着。萧红开始苦闷。礼拜天，那个在她希望上闪光的日子，不要落雨吧？夜半，风声停止了，宇宙间都是那么平平静静地睡着……

第二天，起床铃一响，萧红从温暖的被窝里侧过身子，窗上结着白霜。

"呵！落雪了，迺莹！"沈玉贤向她欢呼。

"落雪了么？"萧红迅捷地伏到窗上，用手刮着玻璃上的霜花。一眼望出去，那雪的世界多么幽静的呀！整个体育场都消逝在雪里了。

网球柱子和篮球架，也都消逝了，甚至连那高高的砖墙，险些都融化在雪的白色里。墙背有一块雪给风吹落了，显出了一块黑，这是墙的痕迹。若没有这一块痕迹，那么连砖墙也融化了。白色连接到外界，世界不都是一片了吗？是的，就是这些墙壁把人与人之间的连结关系给切断了。萧红虽是精神上已寻觅到了一个窗口，一个给她希望和亮光的窗口，然而对于这市立女中的坚固砖墙和那有铁栅栏的校门，她是不舒服的，仿佛给圈在一个井里。有时就烦闷，尤其是坐在教室上国文课的时候，枯燥、索然，她就更希望礼拜日快些降临。若是距离还远，那就要低声问："今天是不是礼拜二？"礼拜三和礼拜六有绘画，这两个日子她是不必问人的。她所希望于礼拜二的，就是那一小时历史课。因为史地教员是北平来的一个姜姓大学生。在上史地课的时候，这个性格有点矜持的青年教师，间或给她们讲些世界的珍闻。他是一个有着文学修养的青年，他向她们介绍茅盾的小说、冰心的散文、徐志摩的诗，而且又借给萧红易坎人译的《屠场》和《石炭王》，这正是一九二九年风行一时的译作。然而萧红读这两本书，还不及对当时《国际协报》副刊上的文字感兴趣。这时候，她已经介在旧小说和新小说两个精神领域之间了。这就是说，已经跳出了旧的，而还没有完全投入到新的文学世界里来。她正在边缘上向这文学世界里窥探。

除了史地课，她就很少特别喜欢的了。而一到体育的时间，她就一个人躲在教室里，恬静地做她的功课，或者是解习题，或者是抄笔记。偶尔也会有别的同学坐在一起谈天，自然这种时候是很少的。校长孔焕书，一个严肃的胁迫者，有一次就责问她，为甚么不去上"体育"这一课。她困惑地被逼到操场上去了。这时，她又感到不欢，机械、枯燥，四面又是那些坚固的墙壁。

现是是落雪了，墙壁也不显得那么尊严了。世界仿佛获得解放了，突然地广阔起来，远近连在一起，天地连在一起。

"冬天了。"萧红说。

那时候，她梳着辫子[2]，椭圆形的脸，容色清白，闪着冷静的两只黑色大眼睛，蓝布短褂，下面是黑色的裙子。一个体型修长，而步态敏捷的十九岁的少女。见到沈玉贤，她的冷静的两只眼睛，就突然变得柔和，那就是她快乐的表现了。

这时候，她就是用这充满了柔和的眼光，伏在窗上远远望着。然而很快地又变作冷静的了。她想到关在箱子里的冬季棉衣，那是家里托人带给她的。因之，她就想到那个并不温暖的家庭。

二、打开了世界的窗子

野外写生画会的会员终于在礼拜天到野外去写生了。这是落过雪不久的一个晴天。阳光是珍贵的，然而气息还严寒。高仰山教师是领队，萧红随着她的同学在街上安静地走着。路上的行人，都注目着这些挟着画具、提着画板的学生。然而萧红却是有着自己的憧憬，轻蔑着"人间"，冷静的街道和冬日的行人，她是过目而没有一点印象的。她所憧憬着的，是松花江对岸雪的旷野，旷野与天宇之间的枯树，那些落光了叶子的冬天树木，那该是多么美的景色呀！然而她们现在却是去马家沟花园。

马家沟在哈尔滨算是一个荒僻的市宅区。街道并不宽，西式的红瓦顶住宅，有暖壁的俄式家庭建筑，混合着中国住宅的木板院落，有些钉着"恶犬咬人"的木牌。花园的走道两旁排立着树木。花坛在夏季是由各色花丛组成的，现出一片彩色图案。有块高地，上面栽种的是桃树。冬天的日子，这些树木枝条稀稀疏疏，有的挑着雪。萧红到了这里，并不感觉过分的失望。但是写生的意思，不及在这冷静的白杨树底下散步的兴趣浓了。多好的阳光呀！多寂静的境地呀！多舒畅的心情呀！摆脱了那机械而又枯燥的课室生活了。这礼拜天，就是她

2　又据说，一九二八年以前，她们还梳着辫子，后来头发却剪得极短了，如同男生的一般短了。

歌颂的日子。因之，每礼拜天，只要是不落雪，她们这些少年写生画家就都来了。有时，准备了面包、香肠、砂糖和花生米。在写生完毕之后聚餐。实际上萧红这时候，主要的不是写生，倒是来享受冬天校外的宽阔生活了。她们在这里散步，在这里玩，又谈，又笑，她开始愉快了，然而这也仅仅是野外聚餐的时候。一等到离开这冬日乐园的工夫，萧红那两只明亮的大眼睛，就又冷漠了。

一九二九年的冬天，就是这样过去的。这野外写生画会，那时候已经掩盖了五班的光辉，形成了一个有力的团体了。自然，萧红没有把它看作是她这一班的旗帜，因为那要在本班建立一条出路的念头，她自己早就忘却了。从野外，她们带进学校里的活气和收获立即感染到那些同学，得到不少的叹羡。因之，这以未来的画家自信的萧红，矜持她的成就，越发注重教师高仰山的谈吐内容了。同时发现这个青年艺术家和史地教师姜，在某一些见解上是有着它的一致性的。而高仰山使人亲切，史地教师就更使学生感到尊敬。

可是都说旧式的言情小说之类的书"无价值"。而萧红对于新文学，也确实一天比一天亲近了。尤其是"罗曼蒂克"的作品。那些"封建家庭""顽固的父亲""流浪者的青年""黑恶的社会"以及"女人不是男人的玩物""不是发泄性欲器"的词句，和这些词句所表现的观念，给了她一个突然的启发。因之，她接触到五四运动传下来流行于当时的历史风气——那有着革命思想基础的反帝反封建的潮流了。这是一个广阔的世界，这些作品给她打开了世界的窗子，她呼吸到这世界的新鲜空气了。

是的，在这里启蒙作品和教育作品，是有着可以作为艺术的价值的。自然不是等于说，这就是我们现在所要求的现实主义艺术。这些启蒙作品，只要是它有着启蒙的作用，不管怎样幼稚，它的功绩是大的。而且它永远不会减亡的原因，也许就在这里。到底它比"为艺术而艺术"的东西有贡献于人类。只要是说"人生呀！战斗！战斗！"

总比"人生如梦，醉了！醉了！"强一些的。而那时候，文学界还另有一派在，并不比"为了艺术而艺术"的罪恶小，那就是使人颓丧的读物。固然它们也是"黑恶的社会呀！""黑暗的人世间呀！"然而却损害着青年的有为志气，散布悲观的种子，在历史的缺隙上不去站住立脚点攻进去，而却是作为溃口退却了。可是作者自己并不去自杀，而纯真的青年就上当了。当时，这种叫人颓丧的作品，同样和罗曼蒂克的小说，在哈尔滨知识青年间流行着，而掉在这个陷坑里的青年是并不少的。但是萧红却没有沾染到一点悲观的色彩，这是有她的同窗闺友可以证实的。也许是那位北京大学出身的史地教师就根本摈弃了那一流的著作。总之萧红在和家庭对抗上，是更为坚定了。然而甚么力量来支持她呢？

学校放寒假了。她望见别的同学那么喜气洋溢地欢笑着，她羡慕，羡慕她们家庭里有一个欢迎着女儿的母亲。可她自己是并不那么快乐的。虽然她也想到家里的祖父、草园子——那个幼年的乐园，以及离城不远的一个靠近呼兰河的村庄，幼年她曾经跟随祖母来住过的地方。那里有打麦场、柿子园、白菜地、牛车、老马，和那些表姊妹，然而这些已经距离她很远。虽有些留恋，但始终掩没不了家庭的那种寒冷气。

她又不能住在校里，学校即刻将要荒凉了、空虚了。于是她和一个仅有的小同乡，在她下一班的小女孩子，一起带着行李回呼兰县去了。当她坐在火车上戴上手套，用毛围巾擦着车厢上的玻璃窗，望着逐渐闪逝在背后的哈尔滨市，冬日结冰的松花江面、雪车、滑雪橇，以及一片白色中那黑黑的长方块栅栏形铁桥，她突然觉得，她是那么爱着她的学校，爱着课室和那机械而枯燥的生活。别了，幸福而温暖的寄宿舍；别了，马家沟花园。

她带回家乡里去的，似有《呐喊》和《追求》，还有两本苏联的小说。

三、憧憬和渺茫

这年冬天，她在家庭里有着一些甚么性质的生活接触，没有可作信征的材料，不知她是怎样度过的。然而在那冬季，大风狂啸，积雪遮盖着城镇、家宅、田野的严寒日子里，她寂静地一个人踞伏在温暖的炕上看小说，那是毫无疑义的。这时候，她的弟弟还似乎是个高小二年级的学生。他的面型，极像他的姐姐，同样有着两只明朗的大眼睛，聪明而且活泼，对萧红极亲切。但萧红却对他并不那么热情，因为他在家庭里是为父亲所珍爱的。这珍爱，使她更感到自己的被冷落。她并不妒忌自己弟弟的那种幸福。可是她自己既然感到处境孤寂，而没有法子伪装自己，使自己对弟弟热情了，像弟弟那么亲切地对她一样。何况她弟弟，在她眼睛中还是一个充满稚气的孩子呢？

在这年寒假她更明确地感到重男轻女的中国古老观念的可憎，似乎不会有甚么疑问的。因此，她的对于文学作品的沉醉，更是她有着精神上的追求的根据。她从那些作品获得幸福的慰藉。它们是她的孤寂精神上的珍贵伴侣。她认识的世界，广阔了。她的心魂已经渐渐地和那一时期的"社会解放"的思想连接起来。然而这只是一个观念的连结。现实的人生，在她还只是这么一个家庭的圈子，以及亲戚屯子周围的生活。她自己还没有走进社会生活的核心，那距离她还遥远，然而她已经对于那外界的广阔的社会生活，热烈地憧憬着了。尤其是北平，那作为中国学术中心的故都，对她，是一个大的诱惑。因为那个受人尊重而学识渊博的史地教师，就是来自北平的。

因之，一九三○年的春天，她在学校里没有以前那样热心于野外的写生生活，是可以理解的了。虽然她还是喜欢绘画，还是有着做一个画家的幻想，可是这已经不能占有她的心魂的全部。她更大的憧憬还是那广阔世界的生活。

萧红的祖父，不知道是不是这一年春天死的，而萧红这年夏天就退学了。这时候，她还是个初中 X 年级生。当她的同窗好友纷纷问她，为甚么暑假以后不来了。

她只悻悻说："家里不让念了。"

实际上，她的父亲，这时候早已经在安排她的未来的命运了，那就是说给她订了婚。男方的家长过去是东省特区有名的一个"统领"，而日后是一个支持伪满的汉奸。萧红感觉到自己要沉落在"封建"的魔手里了。她的未来，必定是一个贤惠的儿媳，像她所常见的，有礼貌地站在婆婆身边。婆婆抽烟，她就给点火；婆婆吃饭，她就给预备面巾。而东北古老传统的满洲风俗，就是招待宾客的宴会，也不用老妈子或者如东北人所说的"下边人"，而是儿媳们排列两边侍候。萧红不是一个温饱主义者的少女，父亲所有的动听的试探，反而更引起她的憎恶。她有着自己的憧憬和精神上的追求，决不被父亲当礼物一样地去交换富贵，她必定得出亡。

秋天，她逃出那个封建的家庭，那个古老的县城。她又到了建筑辉煌的哈尔滨。在这里，她的未来是无限美的，自由而广阔。

在这里有一个姓李的青年在等待着她。据说他是法政大学的学生，而又一说，是在女一中授过课的教员。总之，在暑期，他们之间就有着友谊，而那个青年在爱慕她，也是当时她所感到的。他们当时通着信。

少女时代的萧红并不是喜欢谈情说爱的，这从她那恬静而孤僻的性格上，可以知道的。这次的出奔，有着两种主要的因素，那就是给那个顽固的父亲一个损伤，它的重要性，不在逃避那个家庭主妇的因犯式命运之下；而所以这样的勇敢，又是有所恃的，那就是这李姓青年的影子，这豪气而充满蓬勃的生命力的人物。

那个李姓的青年，带着她到北平去了。当萧红跳上火车，她就感到她是多么自由了。她不必惴惴地在街上躲避熟人了。她不必伏在旅馆的窗口守候她的爱人了。终于，她坐上这南下的中东线路的火车了。她幸福地憧憬着那作为学术中心的北平，她决心要在那里入艺术专科学校。自然她将来就是他的妻子了，她就要到他的家庭里去。他的家庭里是些甚么人呢？他的亲戚一定都来探望他从关外带来的"妻子"嘛？实际上，她这时候，关于他的家庭是一点甚么都不知道的。她矜持，而又完全信任他。当时她的稚气的脸上，洋溢着光辉。她那明朗的眼睛，闪着润泽的黑色。她的头，已是梳剪成男式的短发了。

但是那个李姓的青年若有所思，眼神有些隐约。这和她在哈尔滨认识的那双眼光有些不同，有点变了。

她想："为甚么呢？"她敏感地注视他。一直到他向她笑了，她也就愉快地微笑了。

就这样，他们在北平前门车站下车了。他们各人带着自己的皮箱，坐上人力车，来到了一个胡同里的小院门前。萧红又注意到他那变更了的眼神，有所忧虑似的。

一进门，她就觉得怀疑了。一个梳着发髻的年轻少妇，手里抱着孩子，不住地向她注视。从那李姓的怯怯眼光里，她这敏感的人，立刻知道少妇是他真正的妻子。

她当时沉默着。

而那个年轻少妇也立刻从她丈夫的嗫嚅不清的答话里知道少女和他的关系了。她大声叫嚣起来。

萧红注视着那个神色怯怯勉强作笑的青年，她的眼睛坚定而冷静。

"好，"她说，"我走了，再见。"

她不是悲愤地离开那里，而是矜持地昂然走开。她当时想："难道我来和你争男人的么？真是笑话。"她，傲然而豪气地走了。北平的尘土、红墙、土路，对她完全失去了魅力。她伤心地哭了。[3]

她是这样的空虚、孤零，而且气愤。但她已经跨过了这人生的第一道艰险的沟谷。不怕荆棘刺破了手，她要攀住这些荆棘跨过去。更

---

3 以上并非作者根据传闻加以想象渲染之笔，而是根据萧红先生于太平洋战争期间，在香港思豪酒店寓居时所做的漫谈。

不管是不是刮破了衣裳，撕裂了裤脚。她从悬崖上跳下来，跳入草莽，以为这深谷的那边就会有芳草茵上闪着阳光的草原。她年轻呀！她不会如中年人那么徘徊、踌躇，估计自己的攀登时候的体力，她就那么投身于荆棘丛中了。

四、矜持地走着自己的路

在《初冬》这篇优美的散文里，作者描画出自己当时的坚毅的心情。

初冬，我走在清凉的街道上，遇见了我的弟弟。

"莹姐，你到哪里去？"

"随便走走吧！"

"我们去吃一杯咖啡好不好？莹姐！"

……

我们开始搅着杯子玲琅地响了。

"天冷了吧！并且也太孤寂了，你还是回家的好。"

我摇了摇头，我说："你们学校的篮球队怎样？还活跃吗？你还是很热心吗？"

这心情是矜持的。

她背叛了家庭，也就背叛了中国的古老的生活观念；抗拒了封建家庭，也就是抗拒了那个社会现状。就是说，不循规蹈矩地服从那个社会的规则，给"父母之命，媒妁之言"的旧传统一个有力反击。就是因为她反击了这一个社会所遵从的"法则"，她抗拒的是这个社会，那么社会就显出了它的顽强的力量了。她所熟识的人，都用奇怪的眼光看她。

在这奇怪的眼光里是有着轻蔑和审判性的含义的。这就是社会的力量。她感到这些眼光的敌对性。就是她的弟弟，那一个纯洁而爱护她的青年，从那关怀的口气里，我们不难理解到，也有着怜悯性的感情存在的。这好意的怜悯，敌意的轻蔑，在她都是作为属于她所敌对的那一个阵营里的表现。这是她真正孤独地面对着社会了。和社会接触了，她感到那敌对的阵营是广大的，所有那些奇怪地注视她的眼光，所有那些轻蔑与怜悯都同样地损伤她，都同样证实她的孤立。

她依恃甚么来和这些敌对性的眼光相抗呢？怎样保护自己不受那怜悯口吻的损伤呢？那就是矜持。这矜持的根源就建立在这孤立处敌的根基上。她不吐露自己内心的凄苦，一点资敌的真实情况都不泄露。她卫护着自己的骄傲和尊严，用矜持作武器。

当她在哈尔滨中国三道街上走着的时候，她遇见了她往日的同学，她就用那矜持的姿态这样回击着那种奇怪的眼光。

"到哪去？迺莹。"

"随便走走吧。"她冷冷地笑着。

这是从北平回来之后，现在已有了可以肯定的资料。她在初冬里，就这样独自在哈尔滨街头彷徨着。在《黑夜》那篇同样优美的散文里，她述说过这一时期的生活。

将近夜半，她还在哈尔滨的阴暗街头上彷徨着，她在饥饿中，疲倦地坐在一个老婆子摆的面摊上了。那个狡黠的老婆子从她的疲劳上，窥出她的凄凉困苦的处境，引她到自己住处去落宿了。

> 也许是快近天明了吧！我第一次醒来……就像睡在马路上一样，孤独并且无所凭据。
>
> ……我对她并不有着一点感激，也像憎恶我所憎恶的人一样憎恶她。虽然她给我一个住处，虽然从马路上，招引到她的家里。

在这里作者萧红的自述式的心魂，虽然疲倦而渺茫了，但仍然是矜持的。

> 假若走出去，外面又是"夜"，但一点也不惧怕，走出去了。
> 我把单衫从身上褪了下来。
> 我说："去当，去卖，都是不值钱的。"
> 这次我是用夏季穿的通孔鞋子接触着雪地。

同样是矜持，然而和《初冬》那一篇相比，心魂似没有那样坚毅。无所凭借的彷徨心境，是沉重的，而且憎恶的也深沉，简直等于冰冷的蔑视。因之这一篇，疑可作一九三〇年从北平回来的心魂记录；而前一篇，大致是晚于后篇的回忆。

因为在许广平先生的《追忆萧红》的文章里，有这样一段话："高兴的时候，萧红先生会告诉我们，她曾经在北平女师大的附属中学读过书。"那么她是毫无疑问地离开北平之后，还和那李姓青年保持着联系。而"难道我来和你争男人的么？真是笑话。"那种想法，没有一点对于那李姓青年的愤恨，从这点看保持着友谊的联系，是可能的。而她的得以进女师大附中，多半也是由于这李姓青年的支援。

一九三二年的夏天，萧红终于被那个曾经由家庭包办所定的未婚夫欺骗了。她困守在哈尔滨的一个旅馆里，积欠累累。彷徨、渺茫、无所凭借。她的周围是旅馆的账房，以及闪着蔑视眼光的茶役，嘴唇叼着纸烟的以旅馆为寓所的妓女。

她又遇到轻蔑和怜悯的眼光。她矜持地上下楼梯，而关起门来她就感觉到房间的空虚了。她的体质开始衰弱，而且也开始失眠了。旅馆已经停止给她开饭，她吃着从衣袋里带进来的面包，那是她从街上买来的。只要有茶役经过门前的脚步声，她就捷然地将面包塞进衣袋，她掩饰着自己的穷窘。而且她一在门口外出现，就又是那么矜持地安详地走着了。以后，据说更进一步，她被旅馆主"软禁"了，她被埋在泥土里了。

她要冒出头来。她要向感到阳光的地面外边生发。

腐木、烂叶子、牲畜粪……所有不洁的东西，供给她精神上的养料，使她丰富而饱满。她要摒弃这一切，生发。

五、不平凡的会见，平凡的结合

一九三二年的秋天，松花江洪水泛滥市区之前，当时的哈尔滨《国际协报》副刊编辑裴馨园收到了萧红的呼援信。于是这消息在当地进步思想阵营之间散布开了。署名三郎的诗人同时是散文作者的刘君，接受编辑老裴的委托，到萧红所困居的旅馆里做了首次的寻访。

这是一个不平凡的会见。这会见的实质就是两种战斗力的会合。

当时的刘君三郎就是日后的萧军，同样是一个都市的流浪者。同样的在这社会上受着损伤和摧残。所不同的，只是和伙伴们共同在社会上占据了一个思想领域的阵地。这阵地就是他所有的"财富"。依据着这个堡垒，他和他的伙伴们出击、固守，给这损害人的古老社会的损伤力以损伤，同时又借以保存自己不至于被消灭。

我们可以想象到，当萧红，一个孤独的"散兵"失掉了所有的凭借，带着浑身的伤痕，而还是不屈于另外一个命运的安排的少女，正在期待着友军的援助的时候，突然听见叩门声，心是该怎样在激烈地跳着的。

是的，援军来了。

在她眼前出现的是一个青年。

萧军，方形的脸，眼睛含蓄着刚毅。这时候，那刚毅的神气是不见了，倒有些陌生的访问者所通常有的拘谨气息。但在萧红这一方，却为来访者那种豪气的握手所鼓舞了。这初见的欢快只有在为旧社会所损害而又不屈地给这社会以有力的反击，带着浑身伤痕的战士互相会见的那开始一瞬间，才能感觉到的。这欢快，表示着彼此没有给敌对势力所毁灭的凭借，表示着本身战斗力又增强了的庆幸。而且这欢快也只有年轻的时候，充满蓬勃之力，并且是初入"战场"不久的人所特有的。

据说当时的萧红是怀着胎的。一个孕妇式的体态，脸色苍白，而且眼光显着神经质是有着它的久经"敌区"生活的根源的。它要判断、侦伺，为着保护自己。然而对于这个青年，她是一开始就坦率地说明了她的一无凭借的处境。这是明明白白的，在同属一个阵营的友军面前用不到一丝的掩蔽。

因之，不久她和萧军的结合，是没有甚么可稀奇的。

这是不平凡的会见，平凡的结合。

实际上，初次的会见，就已经是双方战斗气质的会合了，初次的接触就是战斗心魂的接触了。萧军一见面就说，他的生活同样破碎不堪，然而他们不管怎样困难，也要想法支持她离开旅馆，支持她在哈尔滨生活下去。可是终于连离开旅馆的钱也没有办法找到。据说，萧红是正值松花江水暴涨，洪水泛滥到哈尔滨市区的时候，旅馆的茶役等人都已各自四散逃难去了，她才独自逃出来的。逃出来之后，就直接到萧军留下的友人地址——即《国际协报》副刊的主编人老裴[4]的家里了。老裴的妻子黄淑英终于同意，把一间小屋子让出来，给萧军和他的女友住。从这里我们可以知道，他们一开始所显示出来的彼此的天真、热情和真挚，是怎样地结合在一起了。

然而萧红离开东兴顺旅馆在裴家安顿下来不久，就要临产，这是一个已为父亲遗弃的婴儿。是的，她要有一个孩子了。

萧红在她的旅途上，遭遇了一个有力的阻碍，她必须要停下来，而且必须要通过。他们并没有积蓄，就这样，萧红被送进哈尔滨市立第一医院[5]。

4　白朗同志主编《国际协报》文艺副刊是在一九三四年之后了。

5　即为现市儿童医院旧址。

六、"她若是从此死去，我会杀了你"

萧红弥留期间曾经对守护她的友人 C 君说，她在哈尔滨生过一个女孩子，这孩子送给人了。她怀念地沉思着："但愿她在世界上很健康地活着。大约这时候，她有八九岁了，长得很高了。"

萧红的女友 W 女士说："民国二十一年秋后[6]，听说她在哈尔滨市立第一医院生孩子，没钱出院，就在医院里冷冷清清的过了中秋节。后来，孩子就送给医院养活了。"W 女士的亲友就是当时那医院的院长，这事情是从那院长家里听到的。而萧红死前所怀念的孩子，就是这个因为无钱付住院费而留在医院里的女孩子。这年深秋因为没有钱，出不了院，从萧军一九三六年写的《为了爱的缘故》这一篇生活纪实性的小说上，也可以得到部分的证实。

萧红产后身体就衰弱下来了。头痛，脱发，这不能不说是这一两年的流浪而饥饿的生活所种的病根。一切衰弱的疾病，都在这时候显现出来了。

当萧军去看她的时候，她就感觉到害羞一般没有和他打招呼，只是让他坐在她身边。

她明明知道生病是平常的事，可是总要心酸，好像谁虐待了她似的。那样风雨的夜，那样忽寒忽热独自幻想的夜。实际上，她也确实被虐待着，因为她交不出住院费，被医生冷漠。一个病人，被医生所冷漠，这不是一种难忍的虐待么？

她向萧军诉苦："亲爱的，我不能再在这里忍受下去了！不独这枕头和床……就是连一头苍蝇也要虐待我……"

每当她这样诉苦的时候，那个倔强而刚毅的人，就感觉到那两只大眼睛就如同两颗过度成熟的葡萄似的，只要有阵风，那泪水就会流

6　旧版"二十二年冬天"之说，为 W 女士记忆之误，现据萧军记忆修订。

滴下来。

他向她劝慰：“再忍耐几天吧！这里总比监牢好，比监牢强得多，也比出去好。这里又供给面包和牛奶，你若一个人吃不了，还可以藏起来留给我……你不能回家，回家就操劳，你非休息不可。”

他扶着她坐在临窗的椅子上。在日光下，他望着她那苍白的脸色，感觉到她像用骨质雕成的模型，既看不见血肉，也感不到她是在呼吸。

“我会死了吧？”她说，“我死了你就可以同他们走了。”这是指萧军可能到磐石的人民革命军里去的意向说的。萧军的沉默给她带来了不安，“为甚么我不想死，为甚么连死的梦也不做一个……为甚么你尽是笑？”她用手遮蔽起他的望向窗外的眼睛，他就把她的手握住了，说：“我在想，应该怎样活，并且活得要美！”

他说：“你的头发又脱落了，白的可少了！”

“我不相信你——白的怎么能减少，不要给我宽心……我也不会悲悼失去了的青春。”

“偶尔白了几根头发算得了甚么？你的青春也并没有失去呀！”

等到他要她到床上去躺一躺的时候，她就感觉到他要走，他又要离开她。

她说：“就放我在椅子上吧！你可以走……我要看看天空。”

“还是……”

“不要管我……亲爱的，我累赘了你。”

“为甚么要这样说……”他预备坐下来了。

“走吧！”最后萧红这样说了，“医院的庶务也许又要来向你要钱。”

“在我进门的时候，他们已经向我要过了。”

“你怎么说？”

“我说只要你好了，总会给他们钱。”

“哪里来钱？”

“总会有办法……”最后他说，“最大，我请他们把我送进牢里去，坐两个月的监狱，总可以抵补了。"

这里有着爱的深沉，有着病的痛苦，这痛苦就是自然所给予的衰弱。再没有比在这里所显示的萧军的那种豪迈气质的可贵了，再没有比在这里所显示出来的萧红的软弱了，这软弱是由于身体的衰弱，这是不可抗的一种自然的伤害。社会是借着这一自然的力量来击败她。这社会的病态，这资本主义独霸下殖民地性质的社会，再没有比这里的凶恶面目更显著的了，而且也是最平常的了。那就是即使官立医院，病人不管病得怎样重，没有钱是不给医治的。这是平常的几乎使人们都认为是毫不足异的社会法则。这是比私人医院还可怕的。这种公立医院，缓和了本来矛盾着的资本主义社会与人民的冲突，冲淡了人民的憎恨，堵塞了这种资本主义社会的空隙。在半殖民地国家，它是资本主义社会的护身牌。因为这些挂着"市立"或"公立""市民"招牌的医院，到底是有些"慈善"性的，到底还比私人医院便宜。若是没有它的存在，那么又贫又病的人民被关在私人医院的大门外，这社会的面目不是太明显了么？然而收容之后，这"仁慈"还是不彻底的。但它已经起了缓和作用，而且到底它还是属于这一社会的产物呀！

当萧军听见看护告诉他，从昨天他走了以后，她就一直临窗坐着，不知道坐了有多久，今早病就突然重了。于是，萧军匆忙地走进产妇室，听见她的呼叫，就说："吟，我来了……"

"亲爱的，这回我……也许会死了……"

"不会死……我去找大夫……"

"不要离开我……不要离开我呀！"

"我去寻大夫……安心些……"

大夫寻到了，然而在悠悠然然地下围棋，像正在艰难沉思布置战略阵地的将军一样，摸弄着他鼻下一丛浓黑的威廉式胡须，完全不理会萧军的恳求。他终于愤怒地推开了大夫的棋盘。大夫说他没有礼貌，说他一进门就该敲门，说不给病人看病是庶务的意思。庶务就说，现在医院里没有这样的医药，你们换个医院吧！还说这是大夫的意思。

萧军暴怒地向医生宣布："原来我要出院的时候，你们不准走。现在我的病人重到这种地步，你们又要我换个医院！我向你说，如果今天你医不好我的人，她要是从此死去……我会杀了你，杀了你的全家，杀了你们的院长，你们院长的全家，杀了你们这医院所有的人……我现在等着你给我医——"

回来，他发晕似的倒在她的邻床上了。那个发慌的卑怯的医生，赶忙给病人打针、吃药。等到他从过度疲倦的昏沉中醒来，萧红是恬静的。他蹲在她的床边慰问，她用手抚摸他的前额和头发，说："亲爱的……这是你斗争的胜利……"

那时，刚毅的青年哭泣了。

七、离院

当萧军寻找不到出院的费用，抱着双肩，坐在她床头上沉思的时候，她是那么爱护他，怕他过度的忧虑。"你去好了。"她说，"就住在这里过年好了。反正这里每天都有吃的，若是小孩子没有朋友收留，就寄放在这里好了。"

院方是很吃惊萧红这一措置的。产妇室里经常的有些床位空下来，又有一些待产妇填补上，而萧红却一直坦然地睡在床上。怎么？真是不想出院了么？于是催问："你丈夫怎么还不接你出院呀，快过年了呀！我们过年都回家去了，院里没有人招呼你了。"

萧红沉默着。

"问你呢！"

"问甚么？"

"哎！问甚么？"院方的事务人员说，"你不打算出院了呀！"

"我怎么不打算出院呢？你们说住院费不能缓几天付么？"

"要过年了呀！"

萧红又沉默了。是的，实际上是要过中秋节。在萧红的散文里，除了节日改变为"过年"以加强气氛，一切都是真实的。普通产妇室内，已经冷落了。空虚的房间、空虚的床位，外面风声呼啸着，玻璃窗上有层薄膜一样，若是暖室，早就该挂一层霜了。但这里总还比朋友借给的那间小房温暖一些。只是气息日常是不洁的，有酒精味，有腥气。萧红这时候，想到她在祖父怀抱里的幼年，想到她的草园的夏日，那充满了各式甲虫、野花和蝴蝶的乐园。然而同时又想到在中央大街上和父亲遭遇时的那种冷峻而蔑视的眼光，她这些所有的温暖幻想，都冰冷了。她要哭，她转过头去，为了流出的眼泪，为了排出这悲哀的情绪。

不久，她终于充满生气地走出了医院。据说孩子就作为抵押品似的留在医院里了。

出院以后，他们两人仍然回到了友人F夫妇最初借给他们的那间小房子，离开不过两三周，但萧红却觉得很久很久了。

一收拾好，两个人就拥抱着了，吻着了。一切的艰苦，总算跨过来了。虽然周围还没有一条为他们所憧憬所发展的生路，这还得开辟，然而他们暂时是不管的。他们各自庆幸自己结合了一个作战的力量，并且使它和自己的力量相融解。在这里，萧红所拥抱着的，是一个都市里的流浪诗人，是一个反叛社会的青年；而萧军所吻着的，不单纯的是一个少女，而是带有作为的一个为宗法社会所损伤的那种被迫害的实体。他们相互称呼彼此为"我的情人"。这是"情人"在他们的意识上，是有着社会的内容作基础的。虽然他们自己当时也许并不明显地这样感觉到。他们年轻，坦白而真挚地只从感觉上这么称呼。他们还没有去思维，他们完全沉醉在这爱的感觉上了。

这爱情，是属于生活实质的一部分，就是说它是寄托于思想意志的，而不是从属于情欲。在这里，情欲是次要的。因为在他们的生活上，第一还是两个人对生路的开辟，不被顽强的半殖民地社会所阻塞，不被半封建社会所拦截。

有人轻蔑地说这种结合是"骑士式"的，然而这也只是他自己的轻薄的暴露。

然而这里也确实和一般青年男女的所谓恋爱的过程不同，这是早已说过了的。

一般的所谓恋爱是多部分离开了生活的土壤。爱情生活的贫乏，人生的脱节，离开生活的土壤，爱情就如飘在半空一样。彼此间的接触离开了思想实质，那么怎样来认识呢？这确实需要一个长的时期。这接触首先是形态的接触，而且离开思想实质也不得不是形态的注意，形态的观察，要从形态上来探讨那真实。就是那真实也划定了范围的，不是人生的真挚，而是"爱情"的真诚。因为本来就已经和人生脱节了。可是，还要在思想上认识那真实。而离开生活的土壤，这在形态下的实质也确是实在没有方法判断的。

于是彼此不相信任，彼此都还要表示着确已相爱，然而又要犹疑，而还要忸怩，彼此还要从离开人生的空幻中获得真诚的保证。那么，在这里自然的情欲是主宰。

因为彼此又确是在探讨那个离开了人生的"实质"，从形态上去侦伺、观察，也只有从形态上去侦伺、观察。那么彼此也只有更加努力地注重形态了。描眉、涂红、谈吐、仪容，多半是自然学上的接触了。

因为离开人生，女的别无所恃；正因为别无所恃，于是异常珍贵自然而赋予的身体。而男的也实在是只在这身体的获得，这里逐渐又发生了自然和社会的矛盾。因为到底还是没有脱离开人生，畏怯着社会。矛盾大的，结果只有从自杀里获得信任，获得真诚的保证和解决；矛盾小的，彼此权且受主宰于自然而妥协，于是开始生活了，于是从生活里各自显示出本质来，于是叹息和哭泣。因为社会的矛盾在夫妻的生活关系上显示出来了。社会的不平衡，在这生活实践上透露了。在这时，情欲显得是薄弱无力的了。

萧红和萧军,最初就跨过了内心探讨的阶段,在思想行动上,他们是和谐的。

八、精神饱满了,肉体却饥饿

在裴先生家借的这间小屋第二次也并没有住多久,就又迫不得已地搬开了。于是,他们住到欧罗巴旅馆里。他们找到一个房间,那房间在三层楼上。本来包月是三十元,然而后来因为松花江水的泛滥,就涨到一天两元的价格。现在水落了,可是房价却没有落。而他们手里那时仅仅有五元,因之不租铺盖,因之床上的软枕、床单,甚至于连桌布,都给那高大的包着花头巾的俄国女茶房收拾了去。

萧红在走上那三层楼梯已经是疲倦不堪了,已经是感到好像爬到天顶那么困难了。手扶着栏杆,腿也发颤,手也疲劳地发颤,然而这时还是不得不强自撑持着,打开带来的柳条箱,取被子。

从此萧红时常在饥饿中。

一块黑面包只一角钱,一个列巴圈只五分钱。然而一早晨提着篮子来卖列巴的人,不赊账。

"明天一起取钱不行么?"

"不行,昨天那半角也拿给我吧!"

不只是没有赊到列巴,而且连最后的几个铜板也全给提篮子的小贩带走了。

"早饭吃甚么?"

"你说吃甚么?"萧军锁好门,又回到床上默然地和萧红在一起躺着。这是一个礼拜日,作为家庭教师的萧军,这一天本是休息的。

那家庭教师是他刚刚找到的职业。而且他第一天就拿了二十元"哈大洋",可是从当铺赎出了一个夹袍和一件毛衣之后,零星的就用光了。

他们日常喝的是白水,吃的是面包蘸白盐。

这次是萧红不得不向她的周围求救了。她的过去的友人们,谁可以接济她一下呢？她想到二年前的学校，想到了那位绘画教员高仰山。她向他发出了告贷的信。

那生活上毫不拘谨的教员，手携着他的十五岁的女儿，到这欧罗巴旅馆来访了。

萧红第一眼所感觉到的，就是他没有改变，和从前一样，随便说话，一说就满多。只是体质胖了一点。好像这几年，她并没有离开过他，好像她仍是在学校里读书一样。

九、筑成了家

像春天的燕子似的，一嘴泥，一嘴草……我和我的爱人终于也筑成了一个家！无论这个家是建在甚么人的檐檐下，它的寿命能够足享几时，这在我们是没有顾到的。我的任务是飞啊飞……寻找可吃的食粮，好使等待在巢中病着的一只康强起来！我顾不了那整日盘旋在空中，呼啸着的苍鹰，也顾不了那专以射击燕雀而取乐的射手门。

——萧军《为了爱的缘故》

这是怎样的一个家呢？

在商市街二十五号，在这居民多部分是木匠、油漆工人和小贩的街道上，有个小的院落。这里不像旅馆那么静，这里有狗叫，有鸡鸣……有人的吵嚷声。铁床没有甚么铺的东西，玻璃窗结着冰，炉中没有一颗火星，桌上也没有一个钟，连时间都不知道。萧红用冷水擦地板，擦着窗台……等到这一切都做完，没有甚么可做的了，就感到手痛、脚痛、肚子也痛。感到不耐烦，感到疲倦，感到寂寞，感到"落下井的鸭子一般寂寞和隔绝"，甚么家？简直是夜的广场，没有阳光，没有温暖。

等到萧军买回来铺床的草褥子、小刀、筷子、碗、水壶和水桶，买回来米和木桦子，萧红就第一次和主妇一样地调弄晚餐了。

有时，手在铁炉上烫焦了，火又生不着，就对着炉门生气。萧红在《最末的一块木料》里叙述："女孩子的娇气毕竟没有脱掉，我向着窗子，心很酸，脚也冻得很痛，打算哭了。但过了好久，眼泪也没有流出，因为已经不是娇子，哭甚么！"她每天操劳着炊事，每天等候着在外面奔走的萧军。他们一定要在那个挣扎困守的堡垒之外，打开一条生路。那个倔强而刚毅的青年诗人，这时候整天在外面奔走着。雄厚的封建力量到处堵塞着，侵蚀着。亲戚、娘舅、世交、奴才，成群结伙地盘踞着各种职业部门；品格、能力、才干、学识，是这一个时代所蔑视的。你若站在正义那方面，那么就给你打击。所以说社会被它侵蚀，那就是"因循""保守""敷衍""鬼混"。萧军当时的处境，正如今天上海的一些优秀青年们，在四周堵塞当中，他要寻获吃食，打开生路。

萧红为了赞助赈济水灾的画展，在穷困的生活中画了两幅小的粉墨画。一幅是两条萝卜，一幅是萧军的一只"破鹕鞋"和一个"杠子头"。那时候，自然界的幽美景致距离她遥远了，很遥远了。虽然这是"普罗"文学的影响。

十、两种生活世界

这次赈灾画展的主要发起者之一，除了金剑啸，还有王粟颖女士。她就是萧红那个昔日的好友，野外写生画会的同伴。他们是在中国三道街碰见的。

那时候，萧红穿着一件陈旧的咖啡色旗袍，男人裤，头发还是垂着两条短辫子，憔悴而苍白。然而她却是笑着，等到一感到她的昔日同学的眼光在审辨她，萧红立刻感到一种触犯，尤其那眼光所显示的毫不掩饰的怜惜味道，她本来笑着的神色，立刻冷肃下来。

"到哪去呢？"

"随便走走。"萧红淡淡地说。

"我们一年多不见了,你为甚么不去看我呢?"她的那个善良而诚恳的女友说,"你生活得好么?"

"不好,穷得很,没饭吃。"萧红立刻率直地笑了,并且把她的丈夫介绍给她的女友。

"你为甚么老是躲避着往日的朋友们呢?"她的女友说,"你住在甚么地方呢?"

"商市街。"她说,"有空来玩吧!你还常常写生吗?"

"我们想开画展,可是找不到地方。"

"那我给你们找去!"她说,并注意了一下萧军,"来找我吧!"

"好吧!"

她和她的女友躲过街上的车辆就匆匆告别了。而且她还答应了为这画展作画,那就是"两只萝卜"和"破鹕鞋"和"杠子头"。

画展终于成功了。萧红神色焕发地为这一画展的成功而欢喜,而这欢喜为社会尽了工作的责任成分少,主要的是因为在家庭生活之外的社会接触的扩大。在这扩大的接触中,她感到在这世界上,他们并不孤独,而且显示了自己力量的存在。虽然这是深秋,虽然她还是穿着春季的咖啡色旗袍和一条色彩不调和的男人裤。以她为中心,他们这些在蒙了羞耻的土地上的知识分子,要组成一个画会。

正因为家庭的寒冷,她要在社会生活上取得光亮和热力。这时候,她的那个夜来时也不明显,天明时也不明显的幽室似的家,木样子烧完了,米吃完了,窗玻璃上的霜,密结着。用她自己的话来说:"人住在里面,正像菌类生活在不见天日的大树下,快要朽了。"这时候,萧军时常半夜起来喝冷水。他们的日子,是靠萧军借钱维持的。而借到的数目总是三角、五角,借到一元都是很少有的事。他们吃的是黑面包和白盐。只要有黑面包和白盐,她就感觉到幸福。萧军会学着电影上度蜜月那样,把醮盐的列巴先送上她的嘴唇,让她吃一口,自己再吃。他们生活得像两个孩子一样。有时候，火炉里有火了，萧红调弄晚餐，不待萧军回来，就忍不住像偷着尝一点似的，吃两口，向小窗外望望。然而不管怎样，炉子一没有火，这家庭就像夜的广场一样荒凉了。

当这个画会在民众教育馆开第一次筹备会的时候，萧红回答她的女友王粟颖说："没有钱，生活怎么调整呢？"

她的女友充满了热情真挚地向她说，她自己家里虽然不方便，可是有一个姑母，她可以到那里去做寄食者。

"那不大好。"萧红沉思着。

"有甚么不好呢？"

"那总似乎不大好的。"她说，"那像甚么呢？"

"那又有甚么关系。我的姑母是很善良的，也不是很小气的人。"她到底沉默地跟随着她的女友去尝试了。总之她还是说过："总觉得不大好似的。"

那是一个中等的家庭，宅主在法律界做事，白天不常在家，而妇女们可不少。有年老的祖母、中年的主妇，有年轻的家庭少女，有孩子。萧红一走进这布置整齐的餐室，就更加沉默了。她已经被介绍而且被欢迎了，但她坐在那光滑的餐桌旁边是如此的拘谨。主妇给她夹一块肉，说："不要客气。"她低声说着连自己也听不清楚的话，她脸上现着笑，然而那是虚伪的，这虚伪就是她自己也感觉到的。她是从没有过的困惑，她是屈辱地笑呀！这是很明显的，虽有鸡汤和茄子蘸酱，而她的食欲却不旺，而且一离开这温饱的家宅，她从此再不降临了。她宁愿在自己的荒凉家宅里吃着花生米和冷面包，宁愿饥饿着在街上奔走，为了和萧军找一顿黑面包和白盐的钱。

不用说，她再也没有去找她那善良而恳挚的女友。他们是生活在两个世界呀！而画会终于也告流产。

直到第二年夏天，她的女友又一次在中国三道街碰见她，她还是穿着那件过短的咖啡色旗袍和那条不调和的男人裤，脸色也依然很苍白。

十一、思想与行动

有一天，萧红独自走过中央大街。一辆汽车从她身旁开过去，那里面坐着一个熟悉的人物，那个熟悉的形影，使她回顾了一下。正巧，碰见了那汽车窗里向外张望的面影。瞬间，那绅士的两只眼睛像遇见仇敌一样的冷峻，而她同样也感到一阵痛恨。这就是她的固执父亲。她的所有的不幸，都和他的敌对有关呀！这是一个封建势力的化身，而她的自由思想是触犯着他的。并且她更以行动来拥抱了新的思想，不管这自由思想在当时一个刚过二十一岁的少女身上，是怎样浅浮，或是说没有敌对融合了当时的整个封建社会的全部。然而她在一开始的行动上，同样受了打击和伤害。因之，她的自由思想，得到了锻炼和扩展，这就是与求民族的解放的力量融合了。

然而在这一思想上，萧红当时是没有用直接的行动来实践的，像她的反抗封建家庭那样姿态昂然。这里有着重要的原因，萧红的生活在反抗封建家庭上，已经是破碎了。这破碎的不是她那坚强的意志，而是生活的阵地。在这破碎的阵地没有重新建立起来之前，她是没有力量再加入新的战斗的，就是说，伤还没有合口，还在滴着血。这是从萧军的那沉痛的"我顾不了那整日盘旋在空中呼啸着的苍鹰，也顾不了那专以射击燕雀而取乐的射手们"的呼声里，就可以理解到的。

一九三三年，就是这样过去的。

然而顾不了那专以射杀而取乐的射手是暂时的，等到他们婚后第二年，他们的阵地稳固了，他们就又合力在这一反抗日本帝国的思想上，试探着行动。自然，殖民地奴隶的感应，在男人身上是更较锐敏的，正如封建之于妇女。

一九三三年的十月间，在舒群（黑人）的资助下，他们排印了合著的《跋涉》。大部分的稿子，都是萧红所抄写的。永远不安定的洋烛光使她的眼睛痛了，然而还是抄写、抄写……这是两个人拼起来的力量。在社会上这力量会连结战友，也会击散敌人的势力。同时他们还在组织一个剧团，还在排戏。他们分演着两个不同的剧本。萧军演《小偷》里的杰姆，而萧红演的是一个生病的老妇。

这一种并不直接的思想反抗行动，立即使敌探的蛛网感觉到是哪一个角落里传来的颤动了。而且这蛛网似的颤动立刻也使她和萧军感觉到了。不用说，送到书店的集子是仅卖掉了三本就全部没收了。

这时候，他们走在路上的形态是紧张的。假如有人走在萧红的后面，还不等那个注意她，她就先注意到那个人，觉得街灯也变了颜色。其实他们倒没有注意街灯，只是紧张地走着。而且一知道剧团里有人被捕了，就连忙回来，整理箱子。高尔基的照片不用说烧掉了，就是连有印着"他妈的满洲国"的吸墨纸也烧掉了。桌子上摆起《离骚》《李后主词话》《石达开日记》等。门口外也发现穿着高筒皮靴的日本人在盘旋的影子了。这时候，壁上木格摆着装满了盐的盐罐、酱油瓶、醋瓶、香油瓶，还有一罐肉炸酱、一包大海米，墙角有米袋、面袋，外间还有一大堆木头样子。这和去年不同了，她和萧军都有着每月固定的稿费收入，然而萧红在门前的阴影里说道："这一些并不感觉到满足，用肉酱拌面吃，倒不如去年用盐拌着米饭吃舒服。"

这不自由的奴隶命运就这样在家庭的门口外胁迫着。是的，非走不可，非走不可。而这时候，萧军的友人已经在做加入磐石义勇军的打算了。"思想离开行动是等于堕胎的"，思想必须要行动来兑现，才有社会的生命，生命才能诞生。

当时不屈于敌人势力的中国知识分子，都在生活中动荡着，飘散着。固有的生活基础，小木舟一样被这时代逆流击碎了。两萧所依附的朋友，都各自在彷徨了，都各自在寻找依附的力量。他们必定走，哪里去呢？这时候，他们那个已经离开了哈尔滨的好友舒群，又从遥远的青岛发出了召唤。他们凑集了所能凑集的款子，卖掉了所能卖掉的破旧而又可怜的一点家具，他们作为一支孤军，光荣地退却了，不屈地逃亡了。

十二、愉快地踏上祖国的土地 [7]

别了。被羞辱蒙蔽着的土地；别了，贫穷和痛苦的哈尔滨；别了，那些曾经蔑视的冷眼；别了，给了他们无限宽慰和鼓舞的"牵牛房"周围的朋友们，还有舍弃在医院里已近两年的孩子。

萧红反而感到怅惘和母性空虚。

"大连丸"邮船的四等舱的铺位上，萧红裹着一条毛毯躺着，身体衰弱，而且常咳嗽。她的体质，一年前在产期中受了严重的伤。

假若是在温暖的家庭里，她也许是已经缠绵在炕上了。然而现在她是倒不下来的，未来的理想支持着她。她要看一看是不是快到长山岛了。

那浩阔的大海、那大块的万里晴空、那初夏的柔和阳光，以及那漂散在汹涌的浪潮里的金波，都是这样的圣洁、豪迈、壮观。然而却不能充实她的心魂上的空虚。在她，这巨大空间，只是从哈尔滨到青岛的一条不宽畅的路。在工作和工作之间，她是落空了。旅途是这样空虚。

"快到长山岛了么？"

"谁知道？"萧军伏在甲板上默想甚么。

于是萧红冷峻地向他注视了一下，回身匆匆走进统舱。等到萧军向她寻问甚么，她同样回以"谁知道"。这是在商市街已经常有的口角。然而不久，两个人不经过甚么宽恕，就又热烈地谈起话来。因为那只是暂时的情绪的距离，而永恒的和谐是那意志的连结，是那已经受过考验的爱。两颗灵魂同样倔强。一个倔强中间有高傲，一个倔强

7　这里指的是沦陷区以外的祖国领土。

中夹着矜持。而在这里，矜持只是防卫，高傲有时就是侵犯。

一望见青岛的影子，两个人就用欢呼的脸色，愉快地谈话了。首先，他们瞭望中所注目的是那久远的"祖国"的旗帜。那旗帜热烈地在遥远山顶的绿树丛中的红瓦建筑上，向他们摇摆着，欢迎似的摇摆着，呐喊似的摇摆着。

他们同样怀着无限幸福，无限慰藉地，从拥挤的船板梯道，踏上了祖国这半块挺立着的海港土地。

一九三四年的夏初，他们到了青岛，次日与他们的好友舒群一道过了一个愉快的"端午节"。萧红这时已经是年满二十三的少妇了！

十三、这是豪迈的秋天所揭示的

两萧没有住在《青岛晨报》报馆里，他们在那瑰丽的市中心近乎一个山脊上租到了房子。

从那房子的窗子上，或是倚在院子外的石栏杆上，就可以看到海，两面都可以看到海。这房子的对面，就是一列翠茸茸的山，有着茂密的松树林。在那山峰之一的顶上建筑有一所石头房子，有一支旗杆，常常变换着不同色彩和图案的旗帜，那是报告天气以及限制船舶进出口的信号。然而这里却不是幽静的。从早晨到黄昏，在附近几乎整天不断地响着一些石匠们凿石头的叮叮当当的响声。

他们的楼上，住着一个二十六七岁的信奉上帝的妇人和一个粗鲁的姑娘。左手的邻居是另一个小房子的老太婆，背后是卖肉包子的小贩。周围来往的人，常常是些泥塑像似的面型，一些黑衣黑裙的"贞女"或者说女修道士们。

"这真是罪恶"。萧红喘息着，"为甚么一个人会给他们弄得这样愚蠢啊！那还有人的灵魂么？那还有人的生命么？只是一块肉了，一块能行动的、已经不是新鲜的肉了。"

然而当萧军听见周围传来的祷告声主张搬家的时候，萧红就又说：

"搬家是麻烦的，我很爱这个地方……可以两面看海，而且他们又全是善良的人，楼上那个女人很可怜！"

"她穿得很漂亮，每天吃饭了就唱戏，又有丫鬟使着，有甚么可怜呢？缺少一个男人，就随便找一个好了，那也值不得每夜哭着祷告上帝……"

"人不是像你说得这样简单……无论甚么样的……她总有苦痛的，只要有灵魂。"

"我可不了解这样人的灵魂。"

"你这人……"她有点激奋，却又笑着说，楼上有一间房子要空出来了，那么他们可以搬上去。

"我不同意，我要搬出这个院子。"

"为甚么？"

"我憎恶她……"

"她是可怜的。"萧红又补了一句，"我很同情她。"

萧红就是这样善良而又单纯地在人生的路上走着。当他们背后的穷邻居被房东所驱逐，把那个卖肉包子所住的凉亭拆毁而要建造房子的时候，萧红又恳求萧军，试探萧军，向萧军讨口风，是不是可以让他们搬到自己的厨房里去的时候，萧军就笑着搪塞，说楼上不是有空房子么？她们信"主"，该博爱呀！说她这样做，灵魂就得救了。

"我等你回来，以为你可以想个办法。他们用破麻袋、破板在那边搭了个棚子，天又不晴，落几天雨，他们不生病么？你老是和我扯闲话。"她沉默着，又说，"人真是没有怜悯和慈悲的动物……谁都是一样。"她的嘴唇开始抖动，眼睛也开始湿润。然而萧军还说："我不是'耶稣'，也不是'佛'；那些圣徒，该履行'主的教训'呀！"

到底萧军还是依从了她，不过他常常喜欢在没有依从她之先，向她开一开折磨性的玩笑。然而他并没有感觉到这种折磨性的玩笑，是含着一种主权者的趣味。在夫妻之间，在爱的连结上，这是所常有的现象。这里该是纯然爱的表现。可是反映在萧红意识上的，却含有主权者的社会特质在里面。自然在她这只是一个朦胧的感觉，还没有成为以后的萧红的思想，然而这里潜伏着启机。不是没有思想到，实际上，她是很自然地依属萧军的肩膀下，满足而幸福。有时候，萧军从报馆回来，而萧红正在那个信奉上帝的女人房间里谈天，那个粗莽的丫鬟就高声提示："快回去吧！你先生回来了。"萧红为了表示一点矜持，就会特意逗留一段时间。可是当她看见萧军一个人在地上转着走动，或是打开窗户独自向夜空瞭望，她就又要带点不安地说："怎么？等闷了么？"这又是一种怎样柔顺的口吻，含着一种怎样深沉的爱情。

那确也是幸福的。她时常用平底锅烙油饼，烧俄国式的苏布汤，款待他们的朋友舒群和 M。M 也是《青岛晨报》的编辑，一个心底纯厚而固执的广东青年。有时他们就在林木葱郁的山上散步，在海滨公园唱着《囚徒歌》，有时候还到汇泉海水浴场去游泳。萧军戴着一顶毡帽，穿短裤、草鞋、哥萨克绣边衬衫，束着一根腰带。萧红还是旗袍，男人裤，头上束着发带。然而这是一九三四年的夏日。秋天了，她的那条男人裤换给萧军，她自己穿上了黑的裙子。这是十月的秋天，这是海港的树木落叶纷纷的秋天。夏日，掩蔽了人类社会的真实。可是秋天这豪迈的季节，揭示了它。它让成熟者结实，枯萎者失掉生命。

然而它还是没有冬天的庄严。冬天是毫不容忍，它是赤裸裸地使社会一丝不能掩蔽地呈现出它的真实。它让富有的生活，更显出他们富有；让贫苦的劳动者，更显出他们的贫苦和褴褛。坚持力强的活下去，怯弱者死亡。因之，窃盗在冬天也就特别多。这是自然所给予社会的抨击，因之匪徒在冬天也就特别多，因为它要使人类自己证实这社会的矛盾。

但现在还是秋天，可是这个豪迈的日子，已经在萧红身上展开了这社会的真实。社会的肿胀的溃烂处……

同时它也揭示了潜伏在萧红身上的病源，它让衰弱的她在它面前倒下来。萧红咳嗽起来了，每天地不断地咳嗽着，然而她并不倒下；战斗的意志，支持着她。这也是秋天所揭示的。她在继续写着从夏日就开始了的一部小说，那就是有名的《生死场》。

十四、相爱之间的空隙

当青岛山东大学的女生苏菲小姐，去探望萧红的时候，她正在台阶前咳嗽着操作炊事。她向萧红建议，应该买一点杏仁露来吃。

"是的。"她说。等到苏菲小姐再一次向她提议的时候，她已经裹着羊毛毯倒在床上了，因为萧军穿走了她的绒线衫，她说："等几天报馆发下钱来就去买点。"当苏菲小姐回忆到这次谈话的时候，她叙述到当时的感觉，萧红这样咳嗽下去，是要生肺痨的。然而她不敢说，因为她还是一个学生，她没有力量能帮助她。她想，萧红应该住到刘吉赞医生的疗养院里去，不该再日以继夜地写作了。然而她没有说。而萧红的注意力却在另一方面，她一边翻着《国际协报》，一边对她的客人说，希望苏菲小姐介绍她们"明天社"里的女同学为她编的《新女性周刊》写稿子。而当萧红提篮子买回来招待客人的小菜，萧红就又披着绒线衫操劳了。萧军向客人说："悄吟一天到晚老生病。我可是不同，我差一天就炮兵学堂毕业了。"在这里显示着萧军的强健的自负，同时也显示着对于萧红病弱的一种生活上感觉缺憾的闪露。

这缺憾偶尔地被感觉到，但它却将要永恒地存在于这两种体质之间。一个健壮的体质和一个病弱的体质之间的距离，就是两萧相爱之间的空隙。这空隙是被思想的谐和所弥补了，被希望的一致所填平了。他们的心灵和精神的拥抱是连结成为一体的，而且是得到升华和最高的提炼了，这空隙完全被填塞了。何况萧红是英勇而挺直地向前走着，何况她被她的工程，蒸发着她的膨胀的生命。在她的工程面前，并没有由于体质而自馁。

九月九日，她的《生死场》完成了。

这并不能说是一座壮伟的结构，可是有着一些青年踏着这精神的桥梁，走过来；从这桥梁上望见了遥远的彼岸，望见了不屈的中国土地一角的奴隶们，不屈的朴实的灵魂，并且听到他们充满血丝的呼声，并且投身到他们的怀抱里去。

十五、初到上海

一九三四年十月底，萧红和萧军各人带着他们的书稿到了上海。

离开青岛的原因，是报馆本身发生了问题。那时候，她的朋友 M 在《忆萧红》里就有这样一段记载。

> 将离开青岛的那天，悄吟同我将报馆里的两三副木床带木凳，载在一家独轮小车上拍卖。我觉得有点难为情，说："木头之类，我们还是不要吧！"
>
> "怎么不要？这至少可以卖它十块八块的。"悄吟睁着大眼睛说，"就是门窗能拆下，也好卖的，管它呢？"

这语气是充分说明了她的直率的性格和临走时的拮据。而且可以看出这个家庭主妇的果决的操劳的姿态，在这种场合，是用不到萧军出面的。自然在她疲倦而咳嗽着躺在床上的时候，若是台阶的水桶里没有水了，萧军就提着水桶到门外去了，可是她也就同时挣扎着起来忙炊事。

在这里显示着关外的妇女那种常见的雄迈气质。她是闲不惯的。若是一个女地主，那么她就属于含着长烟袋，扎着围裙，在打麦场上，指挥着把马套上，指挥着车轴上油，而同时自己拿着两股草叉在草垛上忙碌着的那一种人。若是生长在十九世纪中叶的世家，那么她一定是托尔斯泰笔下的"玛丽亚郡主"型的，善良而又软弱，实际上确是干练的家政主持者。

在上海一开始，她和萧军就在法租界拉都路找到了房子，那是一排砖房的楼上。那里临近郊外的贫民区，楼梯黑暗，住室有口小窗，窗外就是一片碧绿的菜园。

当他们的同伴M君去探访他们的时候，萧红正在擦桌子，手里拿着一块抹布。她一见这位同途旅伴，就庄严而高傲地问："是不是还有点诗意。"萧军则闭着嘴唇……终于三个人爆发式地大笑了。萧红在戏谑。

"那么你就对窗外的菜园作诗好了。"笑完了之后，萧军说。

"那应该由先发现它的诗意的人去写。"他们的友人说。

"你别以为我不会写诗，"悄吟在三郎面前作色说，"过两天我就写两首给你看。"

"A，你好凶呀！"萧军侧着头说，"早晨吃过几块油条大饼的关系吗！"

萧红是愉快的，萧军是愉快的。他们又安置了家。这是一个新鲜的生活的开始。他们从房东那里借了木床和一桌一椅。

他们买了木柴、煤炭、泥炉和面粉。在墙壁上悬挂起他们的好友金剑啸为萧军离开哈尔滨时画的油画肖像。而那幅《三郎写作背影》的画像，据说是一九三七年出于萧红的手笔。在那张画像上显出了萧红对于素描的熟练的基础。直到两萧在人生进途上分开手，萧军还是把它珍重地挂在书案前的墙壁上。从这里也显示出他是怎样关怀着曾经在痛苦的屈辱生活里并肩挣扎过来的好战友。

当萧军邀他的友人来住的时候说："我们可以定下规则，像军队一样地工作起来。"

"不妙，三个人会整天开座谈会的。"M说。

"你有布尔乔亚的臭脾气。"萧红这样说了。

她的友人受伤地沉默着，嘴在微笑。他谢绝了萧红的邀请，说："我们从青岛来到这人间天堂的上海，还没有喝杯水呢！走，我们到馆子里去。"

"你算了！"萧红皱着鼻子揶揄地说，同时调着面粉。

"那是浪费。"萧军郑重地说，"首先把自己阵地扎稳，这是上海。"

在那回忆记录里，作者说着："这是对的，结果买了一斤牛肉熬青菜汤，烙饼。而烙饼完全是无懈可击的，天知道，有多么香。"

十六、被尊敬与被爱护之间

一九三四年十一月三十日，由于两萧的请求，他们夫妇和鲁迅先生在"内山书店"第一次见面了。而后，又同去北四川路的一间咖啡馆。在《回忆鲁迅先生》里萧红提道："老靶子路有一家小吃茶店，只有门面一间，门里边设座，座少，安静，光线不充足，有些冷落……老板是犹太人也许是白俄吧！中国话大概听不懂。"在这里泡一壶红茶，有时可以坐在一道谈一两个钟头。而以后和鲁迅先生的会面，却很少再在这里了。

鲁迅先生穿着长袍子，胶底帆布鞋。那朴实的肃然的姿态，在最初的这一接触上，奠定了萧红永恒的尊敬。这一接触，实际上就是一个散兵和战斗的主力旗帜的接触，一个失却阵地的游勇站在了大义之旗的卫护下。不用说这在当时的萧红身上是引起一种怎样的欣慰的了。而在许广平先生的《追忆萧红》的记述所说的"人每当患难的时候，遇到具有正义感的人是很容易一见如故的"，这里就有着战斗者本质接触的内容。因之鲁迅先生对于这初次见面的两个青年作家的关护，也就正是鲁迅先生的那种对于个别的做战斗的关护。因之一种被爱护与尊敬之间的融洽精神，是自然地形成了。接着，两萧作为新的生力军在与主力旗帜有关系的各个阵地上出现了。鲁迅并且给他们介绍了日本左翼文学青年鹿地亘和美国女作家史沫特莱。这一时期，萧红写出了一系列优秀的作品，有《手》《牛车上》诸篇，同时整理了《商市街》，到一九三五年五月方完稿。

一九三五年十一月六日，萧红和萧军两个人初次到大陆新邨鲁迅的住宅去拜访。在鲁迅住宅楼下的客厅里，当中摆着插有几株大叶子万年青的长桌边的木椅上，他们坐下来了。餐后喝着茶，他们开始关于沦陷之后的东三省的生活的叙述，直到十一点钟，鲁迅先生并没有疲倦。

"周先生还是躺在藤靠椅上吧！"

"可以！可以！"他还是坐在椅子上，当雨点沥沥地打在玻璃上，两萧几次想告辞的时候，鲁迅先生说："十二点钟总算有车子可搭的。"

在这里显示着的是鲁迅先生眼神奕奕的对于两萧谈话中的精神领域的寻索，心魂的理解；而两萧是为这爱护的光辉而呈现着纯诚的心灵的，就是说，呈现着可能呈现的尊敬和坦白。这接触虽是洋溢着友爱，而是只限于战斗力的接触。因为在鲁迅先生的真挚的全部，就是战斗。而萧红却是有着她的年轻的人生的单纯，正如刚开始负上犁轭的耕牛。

这在萧红另外一段记录里，是很鲜明的。

有一天，鲁迅生病，刚好了一点，坐在躺椅上，开着窗子，抽着烟。萧红穿着新式的宽袖红上衣走进去。

鲁迅说："这天气闷热起来，这就是梅雨天。"他把装在象牙嘴上的纸烟又用手装得紧一点，又说别的了。对于她穿的衣裳并没有在意。

于是她说："周先生，我的衣裳漂亮不漂亮？"

鲁迅从上往下看了一眼，就说："不大漂亮。"看来，也许这是极使萧红扫兴吧！先生又说："你的裙子配的颜色不对，并不是红上衣不好看，各种颜色都是好看的，红上衣配红裙子，不然就是黑裙子，咖啡色的就不行了。"又在躺椅上看着萧红说："你这裙子，还带格子，颜色浊得很，所以把红上衣也显得不漂亮了。"但等到为了取笑，许广平先生把桃红色的束发带放在萧红头发上比试着说："好看吧！多漂亮。"而萧红也非常得意，很规矩又顽皮地在等鲁迅先生的夸赞时，鲁迅脸色立即严肃了："不要那样装扮她……"萧红感到一种令人敬畏的长者的眼光，一种严然的逼迫。

没有再比这更具体的行为，说明文坛重心鲁迅与作家萧红的可信征的资料了，更能证实这被尊敬与被爱护两者之间的精神接触的状态了。萧红在鲁迅先生面前的姿态，和她在同辈之间的姿态是完全不同的。在同辈之间是她的真挚的全部，心魂的全部；而在这里是真挚的部分，自律的，提炼的，那原因就是战士之间的单纯的关系。在这里，萧红所得到的是战斗者的心魂的精华的影响，纯然的精神领域的接触，而在现实的生活上，她和她同辈的朋友们是有着一般的物质上的接触关系的。就是说，同在一个地方住，或是同在一个地方工作，那社会生活的接触是广的，而在那里显出了气质的相近。而这，同样是零散的生活印象的拼合。

正因为萧红珍贵着那种爱护，那种自律就近于谨慎，这是很明显的。那么，不能打开心灵里全部的窗子，不能坦吐精神领域里的所有的社会生活的感受，这又是很明显的。而况，鲁迅先生注意着整个中国思想领域的战斗！而况，鲁迅先生的体质同样一天天在衰弱。这就说明，为甚么萧红是那么经常的，有一个时期几乎每天都逗留在鲁迅的客厅里，走进鲁迅的工作室里去，总像心灵上有些甚么汹涌着……

"好久不见，好久不见。"有一次鲁迅先生正校对瞿秋白的《海上述林》，从圆转椅上转过来说。萧红当时很惊异，怎么忘记了呢？刚刚不是来过么？每天都来呀！怎么会好久不见。鲁迅转身坐在躺椅上自己笑起来，他是开玩笑地这样说。自然萧红也愉快地笑了，她感到人间的温暖。她珍贵着因而也谨慎，因之内心也封闭得更严密了。那些汹涌着的思想的片段，撞击着，然而找不到出口。这就是许广平先生《追忆》里所说的，有一个时期，烦闷、失望、哀怨，笼罩着她的整个生命力。头痛，而且还振作着为萧军抄写文稿。

这内心汹涌着，滚滚而来的是些甚么呢？烦闷、哀怨、失望和感伤，是从甚么地方汇集起来的呢？那就是两萧相爱之间的空隙的扩大。

十七、爱的缺陷

我们知道，萧红的《生死场》是一九三五年十二月出版的。一九三六年春末，两萧搬到了北四川路去住，同时《作家》也创刊了。这正是萧红创作的辉煌时间，也正是萧军的战斗力飞跃的日子。两萧的生活顿然的广阔和开朗……在许多朋友围绕之间，那显现在这上面的友谊，是不同的。萧红这方面，总是属于从属性，就是说并不是两个独立的个体，而是一个从属于别一个。实际上这是早已存在着的问题，不过这时候，明艳地被萧红感到而已。

同时，两萧之间体质上的不谐和，不谐和间的距离，也在明显地透露出来了。萧红感觉到自己是被冷落了。而一个拥抱着的心灵的远去，这闪出来的心魂的单独，是一种空虚与寂寞。这空虚与寂寞又掩蔽了前一种社会从属性的感觉，这就是萧红烦闷、失望、哀愁的综合原因了。

实际上，两萧的思想力还是拥结在一起的。萧红的心灵不会长久地被疏远，那又是她所坚信的。这爱已经被考验了的，因之，这就更加重了萧红的徘徊和烦闷。

终于，体质逐渐衰弱的萧红出走了。实际上，她已经受不起这一缺憾引起来的折磨了。一九三六年夏天，她到了日本。同时萧军也摆脱了连他自己也未尝不觉得无味的苦恼，离开了上海，在青岛，他写下了充满爱的回忆的《为了爱的缘故》。这里不能不说是有着灵魂的歉悔，这不能不说是一个纯白的心灵对于以往的爱的呼唤。

同时，萧红在东京，发出了孤独的呼声。隔着辽阔的海，两颗纯洁的心灵又拥结在一起了。

十月，萧军带着他的一部分《第三代》的原稿，匆忙地回到了上海。而次年的一月间，萧红也从疗养的日本回来了。回国的那天晚上，两萧的老友黄君，为她洗尘。在宴会席上，萧军所表现的是亲切而欣慰，劝她少吃两杯花雕酒，而她却仍是豪爽地吃了几大杯。

她向参与宴席的 L 君问："你记得这次见面以前，我们是在哪儿见面的么？"

L 刚从哈尔滨逃亡到上海。他说："那次是在哈尔滨十三道街口，你和三郎在一道。你呢！记得我们最后在甚么地方吃过饭？"

萧红说："在你亲戚家里。那天晚上，三郎还弹了一段月琴，在碟子里喝了一点醋。"接着欣慰地赞叹着："我们的记忆力不坏呀！你想想，已经有三年了，我们还记得这么清楚。这三年经过了多少事呀！像这次的绥西战争……"

这欣慰是有着它的饱满的内容的。两萧在法租界萨坡赛路重新幸福而心灵饱满地安定下来了。

十八、片段

萧红在临街的窗子前写作的时候，往往在深夜。

夜深，萨坡赛路是静的。每将就寝前，遥远的路上必会传来卖唱盲者的胡琴声。这胡琴声的悲切、凄楚，使萧红对于人间的不幸更为感伤。他打开了窗子，向走近楼窗下的盲者观望。而为盲者领路的褴褛的女孩子，发现她了，立刻就在窗底下站住，同时盲者拉着凄楚的胡琴唱"道情"了。萧红沉默着，俯头望着，她听不懂唱的是甚么，然而她为他们的飘零身世感动了。是祖父和他的孙女？还是两个同是在人间无所凭借的流浪者在人生半途中结合？她突然发觉琴声的停止，她从台子上收集起所有的铜板，投落到街上。为了不被抛散，她还用纸紧紧裹着那些铜板。

此后，那老年的盲者和那个褴褛的女孩子，就每夜到她的楼窗底下，凄切地唱着。萧红同样每夜都当作一种新的苦诉来接受，而投下日里就已经为他们准备着的小洋角和铜板。

有一天，她回来得晚了，在路口上就望见了另一端的卖唱者们的背影，胡琴声是寂止了。她回到了住室，心想，他们一定在窗下唱了许久。因为这天晚上临走，她忘记了关灯。那声音寂止的胡琴，是不是表现着他们的空虚和悲哀呢？这悲哀是较之那凄切的声音更沉重。她打开了窗子，张望着，怅怅然如有所失。

这里所透露的是含有母性的爱，这爱的扩展……同时，自然也含有对于萧军的爱的淡化的透露。这爱所以说是母性，在于它的浩瀚无际，同时也正因为这是属于自然的天性，也就不包括着惨酷的社会本质在里面了。

这时鲁迅先生已经逝世，许广平先生正在悲戚之中，在萧红的心灵是如被摈弃般的寂寞。

萧军有着另外的社会生活，他和朋友编著《报告》。可以说本来该是两个人所共有的社会生活，然而基于社会传统习惯却形成萧军的独占了。或者说，萧红的从属性更显著了。

十九、萧红思想的成型

> 可是在他们的场合一加一却渐渐地降到二以下来了，而这个负数其负方是常常落到萧红这一面的……火上加油的仍是男性至上的封建遗产。
>
> ——绿川英子《忆萧红》

一个大无畏者，在人生的旅途上，必然会感到人类历史的不完整，社会的疾病就在这缺陷上显现出来。它们通过人的生活形态，现出了那历史的本来。

在下面的一件事情上，被萧红更尖锐地感受到这社会和历史的不健全了。

那一次，萧红一个人走到她的友人 H 家宅里去。那友人是一个有名杂志的编辑。一上楼，萧红就欣喜着，在 H 的寝室里，有萧军和

H 以及 H 夫人的谈话声。但萧红一出现这谈话就突然停止了。萧红当时并不惊疑，这在妇女的生活上已经习惯了的。她向 H 夫人说："这时到公园去走走多好呀！"仿佛是 H 夫人躺在床上，而且窗子是开着。她说："你这样不冷么！"要把大衣给她披上，就在这时候，H 说话了："请你不要管。"

萧红立刻从三个人的沉默而僵持的脸色上发觉存在这之间的不愉快是甚么了。萧红悻悻地走出来。她当时想，这和我有甚么关系呢？H 是作为萧军的"弱"的地方，在她头上显示他的气愤。而在这里萧红的附属性是再明显不过了。这就是男人为社会中心的封建历史在作祟。我们谁不是和太太们的友谊建立在做丈夫的朋友身上呢？谁不是一旦和朋友决裂了，不是连同太太作为一体而摈弃了呢？而且友谊间拥抱的时候，不管是怎样厌恶他的友人的太太，同样闪着微笑，友谊决裂的时候，又是不管那太太是有着怎样洁白而光辉的心灵，同样被摈弃。在这里，夫妻是被社会看作一体的，然而妻的这一面，总是属于附属的一部分。

这一感觉，在萧红，当时是超过了那爱的移动的阴影，她已经是和去日本时候的自己不同了。同时，她自信和萧军两人间的爱是不易被分裂的。虽然当时他确实是向 H 夫人"进攻"过。那仍只是存在于两人之间的那个"空隙"在作祟。然而，现在她有着要求独立的意旨了。她还不知道这历史和这社会的传统力量是怎样强固，她要向历史挑战。

然而这也仅是一个赤诚灵魂的求真的酝酿，这将要成型的思想，还在这酝酿的培育里沉静着。

萧红开始沉默了。然而这沉默并没有为萧军过分地注意，"他太自信了"。这是她的感觉。她将从社会上得到谁的援助呢？这将是没有人来支持的。不管你是怎样地说，社会是甘于平庸的，社会是不愿意让不相融的爱情的形态分裂开来的，社会是要胆怯地来弥补。哪一对将要离婚的夫妇会从社会上得到"你们离开好呀！早就该离开了"的支持呢？社会将会说："何必呢！你们本来不是很好的么？"社会仅能承认："夫妻们嘛！总有些过不去，可是一会就好的！"而萧红不只是在爱情上失望，而更要在社会关系上的独立追求，然而这在社会上也将被看作天真的梦想。那是连注意都不值得的。现在，社会已经公认了这一"历史的缺陷"。那早已开始了这梦想的人，只有期望于未来。萧红是孤立的，在这世界上她将不会找到支持者。她沉默着，她准备着孤立地向社会挑战。

在新闻纸上，她注意到萨坡赛路附近有一个私立画院的招生报告。她打了一个电话去，问："你们那里也有寄宿学生么？还有床位么？"她将要隐蔽，将要逃开朋友们的搜索，因为那些朋友都会站在萧军那一方面的。她将暂时隐蔽，直到建立起自己的社会关系。而且她亲自去那画院里探看了。一个犹太族的画家接待了她，那里是随时可以报名的。然而当萧红从那建筑陈旧的但还整洁的画院走出来不久，在同一条路上，她碰见了萧军。萧军这个近来有时粗暴的青年人，并没有注意到她。这和往常一样，她也没有向他打招呼，她就那么习惯地、平常地走回来了。她并没有报名。

但当这天晚上，她躺在床上，没有睡着的时候，听见了萧军和他的友人作家 H 夫妇、S 诸人的谈话，她就不只是思考而是要行动了。萧军说的是"她的散文有甚么好呢？"他的朋友说："结构却也不坚实！"这轻鄙的口气，在她看来，是表现着萧军和他的朋友结为一体而与她对立。萧红突然的出现，使他们餐后的愉快闲谈停顿了。

"你没有睡着呀！"

"没有。"她和婉地说，但眼睛是冷峻的。

她想到，每天我家庭主妇一样地操劳，而你却到了吃饭的时候一坐，有时还悠然地喝两杯酒。在背后，还和朋友连结一起鄙薄我呀！真是笑话。

在夜深，当他们都各自在寝室里安睡的时候，她悄悄走下床来。她发现提箱里只有十二元法币了。她给他们留下一半，作为日常不可缺少的菜场零用。随后，准备好所带来的衣物，黎明时分，她悄然地出走了。

二十、民族，开始受更大杀害的时候

> 在患难生死临头之际，萧红先生是自身置之度外地为朋友奔走，超乎利害的正义感弥漫着她的心头，在这里，我们看见她并不软弱，而益见其坚毅不拔。
>
> ——许广平《追忆萧红》

一九三七年七月，日本帝国主义的侵略战争开始。这战争，暂时缓和了个人与社会生活的矛盾，被这一历史阶段的社会所限制着束缚着的萧红，现在是它的卫护者了。实际上，她早已是它的卫护者了。然而她不单是作为一个民族的战士，她是作为一个人类社会思想的战士，在现实人生上走着的。

第三天，她终于在那私立的画院楼上被找到了。来的是萧军的朋友 S 和 F，他们已经打听过接近的朋友，而从萧军那一次路上相遇的记忆里，猜到了萧红的行迹。他们劝她回去。

"你原来有丈夫呀！"画院的主持者说，"那么你丈夫不允许，我们是不收的。"

萧红像被俘虏一样地被带回来了。猛烈的暴风雨暂时是过去了，但阳光并没有闪出来。这一次两萧间的谐和，只是形式上的，而两人所拥抱在一起的思想意识，却由于萧红思想的独特发展而分裂开来。实际上，这独特发展的萧红思想，仍然是社会以男人为中心的封建力促成的。自然这里也混合有对于萧军偶尔的强暴的仇视，仇视他爱的不贞。然而，最初这是作为次要的，附属于那以男人为中心的社会力的仇视里的。作为思想上战友的萧军，虽是和她同样面向大旗所指的同一个方向，然而在这反抗封建的性质上，他只是思考到它对妇女运动的压力，而没有直接感觉到它。同时他也并没发现，他自身就具有着这一种损伤人的"威力"。

在这里，就有着思想分裂的空隙，而这空隙是感情所不能弥补的。

从哈尔滨的逃亡到参加了当时上海中国民族前卫们的战斗，她所感到的是有所依恃、有所凭借，而分到她肩上的使命是不如以往孤军时的迫不容喘了。因之仍感到那本已存在着的历史的束缚，而现在，这一感觉，这一冲破束缚寻求自身解放的要求，又被那大的整个民族的被伤害、被侮蔑的魔影所挪移了。

两萧之间的阴霾散开了。明朗的真挚友情又在彼此身上像阳光一样显露出来。在周围的朋友们，同样是沉迷于为人民久已要求着的解放战争开始的大震撼与大兴奋之间了。我们已经知道，在这时候，两萧为着日本左翼作家鹿地夫妇的困窘处境，四处奔走，找房子，同时在艰险中天天到他们的旅舍去探视。那时候，只要有人知道他们在隐匿一个日本朋友，立即会给单纯的燃烧着高度的复仇火焰的人民包围着打死的。以后，萧红写了《记鹿地夫妇》。

十月，上海开始撤退。两萧到了汉口，住在武昌水路前街小金龙巷二十五号，和诗人锡金成为同一寓所的毗邻。

二十一、这一精神上的裂口终是弥补不了的

"进步作家的她，为甚么另一方面又那么比男性柔弱，一股脑儿被男性所支配呢！"在上海常和她接触的池田，惋惜地，抱不平地对我好几次发过这样的感慨。

——绿川英子《忆萧红》

当中国南北方的人民担负起这一民族解放的任务，而且显示出这

扛得住的力量的时候，落在萧红身上的沉重感觉，不用说是减轻了，而另外那种感觉是并行地存在着。然而她在社会上寻找不到一个可以凭借的力量。没有一个有力的支持，她是不能透露一点她的潜藏着的心魂。她谨慎地防卫着这一个秘密的外泄，她更加柔弱地伪装着自己了。

当 M，两萧在青岛时的故友，去探望她的时候，一开始他就感觉到她和以前不同了。他感到那是一种西洋女性式的握手，伸出软垂的手，侧着头，微笑着，而不是以前豪爽的有力的一种直率了。她显得更像一个温顺的女人，这给 M 的感觉是深刻的。在她，这是以伪装来掩饰着自己，而她迟早是要从这伪装的柔顺里跳出来的。不用说，她的真挚心魂的大门，不再为谁打开了，除非这是一个对她也同样是一颗真挚的心。就是说这不是属于萧军的，而是独立为她所感觉到的。

这时候，在两萧周围出现的文艺工作者来客当中，有这样的一个人，脸色苍白，长长的鬖发，背微驼，穿着流行的一字肩西装，这就是 T 君。

一走进来，他就从手上脱下麂皮手套来，笑着对萧红说："我这手套怎么样？"

萧红就试着戴上那手套，M 觉得她说的话是那么坦直，她说："哎呀！T 的手真小呀！他的手套，我戴正合适呢！"

M 望着坐在木椅上的萧军，他同样坦直地笑着。

不久，T 君就搬到小金龙巷来了，住在诗人 S 的房子里，和两萧做了邻居。

在作家 M.L 的《忆萧红》里有这样的记述。

在武昌，我们常去蛇山散步；或者站在黄鹤楼上看长江日落。有一天下午，我们一同去刨冰堂。在路上，萧红去买花生米，萧军没有陪她，先走了几十步。她买好了花生米，一看竟没有等她，立即车转头冲向回家的路，经过赶去解释，这才走回来。

在这里就显出萧红柔弱外衣里的那一倔强的本质了。她的所以这样反抗萧军的"冷淡"，是有着她的精神上早已孕育饱满了的历史。这时候，就是"冷淡"她也不容忍了。她已经有了另外的凭借。实际上，当时 T 君还在小金龙巷的寓所里。她向回家的路上走去，不须说，就是因为有着这个凭借。他不只是尊敬她，而且大胆地赞美她的作品超过了萧军的成就。这正是萧红所要求的，这要求不是在对她作品的阿谀上，而是对萧军的轻蔑所含的她的社会特性上，她周围从来没有一个朋友对她表示的独特的友谊，像 T 所表现得这样"坦白"而"直率"。

在这里我们可以看出萧红的纯洁真挚而天真的心魂，同时萧军的高傲在这里是减弱了，并真诚地收起了他那"冷淡"的剑。他是深深地爱着她的。

一九三七年冬天，在两萧间埋着一种感情移动的潜流，然而却还平静地过去了。

二十二、在人生的进途上，和一个相遇和另一个分手

"你知道么？我是女性。女性的天空是低的，羽翼是稀薄的，而身边的累赘又是笨重的！而多么讨厌呵！女性有着过多的自我牺牲的精神。这不是勇敢，倒是怯懦。是在长期的无助的牺牲状态中，养成的自甘牺牲的惰性。我知道，我还是免不了想，我算甚么呢？屈辱算甚么呢？灾难算甚么呢？甚至死算甚么呢？我不明白，我究竟是一个人还是两个；是这样想的是了呢？还是那样想的是。不错，只要飞，但同时觉得……我会掉下来。"（萧红语）

——绀弩《在西安》

一九三八年一月，萧红、萧军、田间、塞克、T君和绀弩先生从武汉到了临汾。他们是应李公朴先生之约，去民族革命大学教书的。

在这里萧红和丁玲第一次见面了，这是一个珍贵的相遇。在丁玲的回忆文章里，我们可以看见两个同时代而作风不同的女作家的初见。

当久久生活在人民军队里，习惯于粗犷生活的丁玲，骤然面对着一个脸色苍白、步法敏捷而且笑声微感神经质的萧红；她，丁玲，那《我在霞村》的作者忽然有些为她担心的感触了。

丁玲觉得她说话是那么自然直率。当时奇怪为甚么作为一个作家的萧红这样少于世故呢？而在萧红日后对C的追述里也曾经说："丁玲有些英雄的气魄，然而她那笑，那明朗的眼睛，仍然是一个属于女性的柔和。"而且一开始她们就融洽地将心魂拥结在一起了。她们尽情在一起唱歌，每晚谈到深夜才睡。而且由于萧红对于T的尊重，丁玲也逐渐对T表示友谊的关注；对萧军却是作为和萧红的友谊一样爱护着的。

一个初春的晚上，车站里还有些寒冷，萧红、丁玲、T、塞克和绀弩都要乘这班夜车离开临汾。萧军是来送行的，他单独和绀弩在月台上踱着步子。

"时局紧张得很，"萧军说，"临汾是守不住的，你们这回一去，大概不会回来了，爽兴你们就跟丁玲一道过河去吧！这大学太乱七八糟了，值不得留恋。"

"那么你呢？"绀弩问。

"我不要紧，我的身体比你们好，苦也吃得，仗也打得，我要到五台去，但是不要告诉萧红。"

"那么萧红呢？"

"哦！萧红和你最好，你要照顾她。她在处世方面，简直甚么也不懂，很容易吃亏上当的。"

"以后你们……"

"她单纯、淳厚、倔强、有才能，我爱她……但她不是妻子，尤其是不是我的。"

"怎么？你们要……"

"别大惊小怪，我说过，我爱她，就是说我可以迁就她，不过这是痛苦的，她也会痛苦。但是如果她不先和我分手，我们还永远是夫妇，我决不先抛弃她。"

绀弩默然了好久。他希望他们能生活得美满，生活得有光辉。当时，他以为只是萧军蓄有离意了，他不知道要掀开这一帷幕的是萧红。

当火车开出临汾车站时，萧红俯向窗口，默然地注望着孤独地站在月台上的萧军，她的明朗的眼睛突然开始湿润，然而她转过了脸去。

二十三、一根有所象征的小竹棍

接着她随同我们一道去西安。我们在西安住完了一个春天，我们也痛饮过，我们也同度过风雨之夕，我们也互相倾诉。然而现在想来，我们谈的是如何的少啊！……那时候很希望她去延安……但萧红却南去了，至今我还后悔那时我对她生活方式所参与的意见太少了……

——丁玲《风雨中忆萧红》

在西安正北路，一个月色朦胧的晚上，萧红穿着酱紫色的旧棉袍，外披着黑色小外套，女毡帽歪戴在一边，夜风吹动着帽外的长发，项下结着白围巾。她一面走，一面说，一面用手里的小竹棍儿敲着路旁的电线杆子和街树。她心里不宁静，说话似乎心不在焉的样子，走路也一跳一跳的，脸色白得跟月亮一样。她对绀弩讲了许多话，他和她并肩走着。

她说："我爱萧军，今天还爱。他是一个优秀的小说家，在思想上是同志，又一同在患难中挣扎过来的！可是做他的妻子，却太痛苦了。我不知道你们男人为甚么那么大的脾气？为甚么要拿妻子做出气包？为甚么要对妻子不忠实……忍受屈辱，已经太久了……"

接着她和绀弩说到她和萧军是怎样的共同生活的，谈到萧军在上海和H夫人的恋爱。这些在绀弩还是新闻。以前虽一鳞半爪听到过，但却没有向他们问过。直到这时候，他才感觉到，临汾之别，两萧彼此都明白是永久性的了。

他们在月光朦胧的马路上，来回地走着，随意地谈。她说的多，绀弩说的少。最后她到底说了："我有一件事要拜托你。"随即举起手里的小竹棍儿给他看，"这你以为好玩吗？"那是一根二尺多长，有二十来节的小竹棍儿，只有小指头那么粗，弹力很强，她说过，是在杭州买的，带着已经一两年了，"今天，T要我送给他，我答应明天再讲。明天，我打算放在箱子里，却对他说是送给你了。如果他问起，你就承认有这回事，行么？"

绀弩不假思索地答应了。他知道，她是讨厌T的。她常说，他懦怯，势利而又善于对她阿谀，一天在那里装腔作势的。可是他马上想到，这几天，T似乎没有放松每一个接近她的机会，莫非他在向她进攻么？她记起萧军在临汾的嘱托，就说："飞吧！萧红！记得爱罗先珂童话里的几句话么？'不要往下看，下面是奴隶的死所'……"

她含糊地答了一句，似乎没有完全听懂他的意思。自然，绀弩想，也许他自己没有完全懂得她的意思。[8]

是的，他并没有懂得她的意思。她自己明白是行临一个危险的边缘了。离开萧军，她心魂上闪出一个大的空旷。要排出那空旷上所侵入的她曾凭借过的另一个力量，她是无力了，她要寻获第三个友爱来作为依恃，来填补那感情领域出现的空旷。在这里显示出她的软弱。这也正是我们民族史上的软弱的透露，这是几千年的封建的积压。

8　以上全部摘自聂绀弩《在西安》。只改动数字。

二十几岁的萧红，是无力独自支持的。为甚么在这社会上她找不到一个庇护的场所呢！她是需要找个山深林密的地方，舔舔伤口的。然而这土地上没有，而仅有的一座深山，一丛茂密的森林，是将作为萧军的隐避所。她又没有一个亲眷，"若是那时候能回呼兰我的家乡去多好呀！"她曾经向 C 君这样说。她思考了好久，在准备着向绀弩做这一赤诚的委托了，就是说，投入一个长者的庇护里。而然，人与人之间的关系是给这社会损害得多么曲折而复杂了呀！她思考着，诉说着，终于她只能这样地提出，而又这样淡然地结束了。就是说，绀弩答应了承认那小竹棍是送给他了。她没有敲开人与人之间的更真挚的友爱的门户。而这是唯一能填补心魂上被闪出来的那一个大空旷的。

可是，她需要它来作为一个凭借呀！她如同身处梦幻中似的。当丁玲走向里间的寝室，说："好睡了！"她随便地应了一声"明天见"，就倒身在暖炕上了。她想，T 是尊敬她的，她的独立性不会受到损伤，只是她并不喜欢这人的气质。然而他将从属于她……在几天的梦幻和生命的激荡中，她终于没有守卫住她的那二十几节的富有弹性的小竹棍。

萧红的思想在文学之外，并为另一人的行动所催育；它刚刚诞生，刚刚取得社会生命，就很快地死亡了。理性的舵，被生命的浪花所激荡，排开了"粗暴"，然而却在"阿谀"的礁石上碰碎了。而粗暴是那愤怒人性的本质，阿谀却是懦怯者的伪装。

"你吃过饭没有？"当绀弩临走的前一天傍晚在路上碰见萧红，她问。

"没有，正想去吃，你呢？"

"我吃过，但是我请你。"

"那又何必呢？"

"我要请你，今晚我一定要请……"

她陪着他走进饭馆，为他要了两样菜，这两样菜都是他平日所爱吃的，并且要了酒。她不吃，也不喝，隔着桌子望着他。

"萧红，一同到延安去吧！"

"我不想去。"

"为甚么？"

"说不定会在那里碰见萧军。"

"不会的，他的性格不会去。我猜他到别的甚么地方打游击去了。"

吃饭的时候，不再说甚么了，她只默默地望着，目不转睛地望着，好似窥伺她的久别了的兄弟姊妹，是不是和旧时一样健康。这一次是她最后和他单独地两个人坐在馆子里，最后一次含情地望着他。他是永远记得这时候她那双默默注视他的眼光的。

"要是我有事情对不住你，你肯原谅我么？"走出馆子后，萧红说。

"你怎么会有事对不住我呢？"

"我是说你肯么？"

"没有你的事，我不肯原谅的。"

"那小棍儿的事，T 没有问你吧？"

"没有。"

"刚才我已经送给他了。"

"怎么？送给他了！"绀弩说。萧红这真挚的友人感到一个不佳的预兆："你没有说先已送给我了吗？"

"说过，他坏，他晓得我说谎。"

两个人沉默了。

"那小棍儿只是一根小棍儿，它不象征着甚么吧？"

"你想到哪里去了？"萧红把头歪过去望着别处，"早告诉过你，我怎样讨厌谁。"

"你说过，你有自我牺牲的精神。"

"怎么谈得上呢！那是在谈萧军的时候。"

"萧军说，你没有处世经验。"

"在要紧的事情上，我有。"但是听者感到这声音在发颤。

"萧红，你是《生死场》的作者，是《商市街》的作者，你要想到自己在文学上的地位，你要向上飞，飞得越高越好……"

第二天启行，绀弩在《在西安》那篇回忆里说道，在人丛中，他向萧红还做着飞的姿势，又用手指着天空，她还会心地笑着点头。但他没有提，他还在临走时把萧红的一卷东西放到了车上，他企望能拉她同去延安。结果，是她拒绝了，因为她立即想到可能在延安的萧军，而且最重要的是她感到，绀弩那一姿态是作为萧军的嘱托者而产生的。

二十四、只有这一句话

那大鹏金翅鸟，被她的自我牺牲的精神所累，从天空，
一个筋斗，栽到"奴隶的死所"上了。

——绀弩《在西安》

半个月之后，丁玲、绀弩、萧军，一起到西安来了。后者是到五台的半途折转延安，而又会聚在一块儿的。

一到××女中，他们的住处，那个宽阔院落里，丁玲的团员就喊："主任回来了。"萧红和T一同从丁玲的房子里走出来，一见萧军，两个人都愣了一下，接着是穿着马靴的T赶来和斜戴着帽子的萧军拥抱。但绀弩一望那神色，就感到含着畏惧、惭愧、"啊……这一下可糟了！"等复杂的感情。而丁玲向萧红欢呼着："萧红像一朵花一样，好新鲜呀！"接着是T赶进绀弩的房子，拿起刷子来为他刷着日本式的军大衣上的尘土。他低着头说："辛苦了。"但绀弩听见的却是："如果闹甚么事，你要帮帮忙！"但这时候，萧红已经在向萧军警告："若是你还尊重我，那么你对T也须要尊重。我只有这一句话，别的不要谈了。"萧红匆匆地离开了。愉快地走向丁玲的房间去了。

然而萧军是有些话要说，即使是就此告别。当他找机会约她的时候，她说，到外面散步也可以，只是"不能就单独的我们两个人"。

只要她去，那么必定要约 T 陪同的。她是不给他单独谈话的机会的。

"那么你把那些给我保存的信件拿来吧！"萧军最后说。

"在那边的房间里，我去拿。"

他们两人单独地走进了隔壁的房间。据 C 君说，当时战地服务团的团员们，都注意到两萧是单独走进那个空虚的房间了。他们在院落里悄悄站着，远远地注视着，他们希望这个会谈完毕的时候，能望见两个愉快而幸福的脸色。

一进房间，萧军就在她所要开启的那具箱子上坐下来："我有话说。"

"我不听。"萧红说，"若是你要谈话，我就走。"

"你听，只……"

"我走啦！"

萧红匆匆走出来，在丁玲的那些年轻的团员注目下，她低俯着脸走过去。随后，萧军也沉默而肃然地出现……

萧军第二次获得了一个机会。据 C 君说，那时候，已经夜深了，春天的夜，月亮还没有上来，萧军、萧红和 T 在路上散着步，沉默地各自走着。等到萧红注意到，他们是走经莲湖公园的大门面前了，她就提议："我们到公园里去走走好吗？"

"这样晚了，到里边去走甚么！"

"我要去。"萧红说。

"要去，你一个人去。"

"T 来！"

"你不能去！"萧军说。

萧红一个人愤愤地走入了两旁有树木的公园。夜色是幽暗的，四周分外寂静。她想，他以为我一个人害怕么！她捷然地向林荫深处一直走着。突然她发觉背后遥远地传来萧军的脚步声了。她立刻离开走道，躲避到一棵树的背后隐匿起来，悄悄地侦听着。那健捷有力的脚步，匆促地走来了。"悄吟！"萧军停住，这样呼唤。萧红哑然不作声。等萧军走过去，她就轻轻沿来路独自走回去了。在公园门外，她会同 T 走开去。萧军终于没有获得两个人单独会晤的机会。

四月，萧红和那个 T 回到了武汉。

二十五、还不只是从属性

"是因为我对自己的生活处理得不好么？"有一次萧红奇突地向她的朋友 M 说。

"这是你自己个人的事。" M 说。

"那么，你为甚么用那种眼色看我呢？"

"甚么眼色？"

"那种不坦直的，大有含蓄的眼色。" M 默然了。

"其实，我是不爱回顾的，"她说，"你是晓得的，人不能在一个方式里生活，也绝不能在一种单纯关系里生活；现在我们痛苦的，是我的病……"

萧红在武汉感到了友情的封锁，然而这并没有给她很大的威胁。当 S 在她最初安身的武汉旅馆里探访的时候，就做着下面的忠告。

"你离开萧军，朋友们是并不反对的。可是你不能一个人独立地生活么？"

"我为甚么要一个人独立地生活呢？因为我是女人么？"萧红说，"我是不管朋友们有甚么意见的，我不能为朋友们的理想方式去生活，我自己有我自己的生活方式。"

这是历史的误会。在她是认为社会向女人做的一种封建式要求，而她是反抗着这一周围的嫉视。于是她和朋友间有一道墙建立起来了。但她不屈，她将坚持。要没有真诚的友爱，她将永远关闭住自己心魂的窗子；只要有真挚的友爱来叩击，她将打开……但一接触到她所感受的封建气味，她感到了痛苦，那时候她已有孕了，这是萧军的未来的孩子。这时候武汉已经开始紧急，许多朋友准备撤退了；可是，那个 T 君却在接洽某名报的战地特派记者，想只身去前线。

有一天，是七月的一个阴雨的日子。M 从武昌乘船过江，在舱口里发现萧红披着斗篷一个人坐在那里。

"怎么，你一个人呢？"

"一个人不好过江么？"萧红开始和他谈天。等知道 M 和 F 将要订票入川的时候，她突然神色焕发地说："那我们一起走，好吗？"

"你一个人么？"

"一个人。"她说，"我到哪里去不都是一个人呢？"

"这要和 T 商量商量。"

"为甚么要和 T 商量呢！"她睁大了眼睛，是的，她又感到了她在社会上的从属性。这是她奋力挣扎而曾经突破过的一个蛛网，它是这么坚韧地束缚着她么？永恒的坚韧么？只要她和男性在生活上结合，那么就会缠缚起她来么？这是社会的封建残余！然而有谁能不经过"丈夫"的同意而敢于带着他的友人的太太同走呢？

然而 M 是她的友人呀！在青岛他们不是一同生活过么？一同唱着《囚徒歌》的人么？可是现在他们把两脚站在 T 的那一面。这是心底正直的那个 M 么？这正直不是自卫的么？这正直是怎样的可怜！

而给她打击最大的还不只是从属性，等到船票拿到手，武汉已极度恐慌的时候，T 君向 M 要求了："萧红不走啦！她要留一些日子另外等船。"而他却把船票作为己有和 M、F 启程去川了。因为他的战地特派员的梦想，没有实现。

二十六、纯白与无怨

> 她的悲剧的后半生中最悲惨的这一页，常常伴随着只有同性才感触到的同情与悲哀，浮上我的眼帘。
>
> ——绿川英子《忆萧红》

萧红坦然而又昂然地肩负起危急局势的胁迫。

在武汉开始大轰炸的时候，她从孤寂的小金龙巷搬到了汉口，住在当时作为文协会址的 K 君那里。她要独立布置一个天地。客厅人多拥挤，她在靠近楼梯口的墙壁旁打个地铺住下来了。

这一时期，据 K 的记忆，他们经常还能煮两杯咖啡吃，生活还不慌乱。有时候，她吐着烟在客厅里谈谈她的未来的一个幻想。

她想，重庆该有一个沙龙式的咖啡馆。许多诗人和作家有这样一个可以聚会的场合，这是一个作为精神接触的世界。是的，在她关闭着的内心，这时候，未尝不是说明对于人间的荒凉的感觉，以及人与人之间真挚的爱的幻灭。实际上，战士之间的爱都在行动中相互与历史联结着，就是说，都付给了这不完美的历史以时间和精力，都在和历史拥抱。即在这民族的历史遭受着无比的巨大毁害的时候，人们开始也确无法给一个受伤的战友以满意的和细致的关注。在这里，最初，萧红是感到孤寂了。据一友人说，萧红手里当时仅有五元钱，而这五元钱就是她最后的全部财产。这是萧红住下来后，几个朋友外出吃冰激凌，争先付款时大家才发现的。

实际上，她的朋友有的还是在关注着她的，有的却对她闪着大有含蓄的不坦率的寓有责问的眼光。然而她对这种眼光付之以轻蔑。"他们，是男人为中心的这个社会，对我所施的压力。"她是这样想的。她不知道这是对她与萧军的分离的惋惜，自然也含有不同情的谴责。而她抗拒。

一九三八年九月，她同冯乃超夫人一起离开了汉口。在宜昌，她的同伴病了，她一个人在天还没有放亮的码头上，为纵横的绳索所绊倒。这是我们已经知道了的，她已怀着将足九个月的胎。她衰弱而且疲倦，手上还提着包裹。她倒下来了，但还想挣扎着爬起来，然而这是徒然的，她已经没有支持身体的臂力了。她平静地躺着了。据日后她对于这时的心境的述说，C 君做了以下的记忆，她躺在那里，那是她从来没有感到过的一种平静，四周围是没有甚么人的，她坦静地望着天上的稀疏的星星。她想："天就要亮了吧！会有一个警察走过来的吧！警察走过来一定有许多人围着，那像甚么呢？还是挣扎起来吧！"然而她没有力量，手也懒得动，算了吧！死掉又有甚么呢？生命又算甚么呢！死掉了也未见得世界上就缺少我一个人吧……她向 C 君说："然而就这样死掉，心里有些不甘似的，总像我和世界上还有一点甚么牵连似的，我还有些东西没有拿出来。"说这话时，萧红的眼睛曾经有湿润的光泽透露出来。C 君这样说。

在这里显示着萧红的心魂上的大坦白。然而也许正是由于纯善和宽恕吧！我们也许可能感觉到一种力的空乏。在当时萧红的述说里，据 L 君说，对这世界确没有甚么怨愤感。这怨恨也许在当时是潜伏着，事后无所记忆了吧！萧红幼年的生活，据说是在这时候又一次浮上来的，那么《呼兰河传》的写作的决心和最后的腹稿也许就在这时候形成的吧？……到底，她借着一个赶船人的扶助站了起来。九月中旬，她到了重庆。

一见面她就向 M 说："我总是一个人走路。以前在东北，到了上海以后去日本，又从日本回来，现在到重庆，都是我自己一个人走，我好像命定要一个人走似的……"

二十七、是的，她将退伍

据说，C 君曾经问过萧红："你到重庆以后，曾经想离开 T，另换一种生活方式么？"

"想是想的，可是我周围没有一个真挚的朋友，……因为我是女人，男人与男人之间是不是有一种友爱呢？"

"有是有的，不过也很少。不是古人也说过么，人生难逢一知己。这也许就是这个社会的冷酷性……——为甚么必定要男人的友爱呢？"

"因为社会关系都是在男人身上……今天在哪里都是有封建这个

坏力量存在的。……"

在最初她是不承认和 T 君有同居的关系，绿川英子在那篇《忆萧红》里证实过，她和萧红、池田曾经在米花街一个小胡同里生活过。她的印象是"萧红是善于抽烟，善于吃酒，善于谈天，善于唱歌"的一个人；另一方面，"她又常常为临盆期近不便自由外出的池田，煮她所得意的拿手牛肉，并且像亲姊一般耐心地跟池田闲聊，无所不谈"。在这里就有着愉快的外装。而后，她离开了她们又和 T 君一同过"新生活"去了。

据梅林先生的《忆萧红》里说，她到重庆后，住歌乐山养病。又据陈纪滢《忆萧红》里说，"她在江津和白朗、罗烽一同住着，在生理变态中完成了《回忆鲁迅先生》"。这里所说的"生理变态"，想就是萧红的生产。据 C 君说，"她是在码头上跌倒伤了胎，以后流产的"。产后是一九三九年春天，《回忆鲁迅先生》是一九三九年十月二十六日完成，那么，在江津该是继续写《呼兰河传》起首几章，而和 T 君同住北碚的时候，《呼兰河传》才完成。在《悼萧红和满红》那篇文章里，靳以先生有下面一段记述：

有一次我记得我走进去她才放下笔。为了不惊醒那个睡着的人，我低低地问她："你在写甚么文章？"

她一面脸微红地把原稿纸掩上，一面也低低回答我：

"我在写回忆鲁迅先生的文章。"

这轻微的声音却引起那个睡着人的好奇，一面揉着眼睛一骨碌爬起来，一面略带一点轻蔑的语气说：

"你又写这样的文章，我看看，我看看。……"

他果真的看了一下，便又鄙夷地笑起来："这也值得写，还有甚么好写……"

他不顾别人难堪，便发出那奸狡的笑来，萧红的脸更红了，带着一点气愤地说："你管我做甚么，你写得好，你去写你的，我也害不着你的事，何必笑呢！"

那时候靳以和 T 君同在复旦文学院执教，正是萧红写作最勤的时候，《旷野呼喊》里的那篇优美的散文《山下》就是这同时期的产品。

在这段引述里，我们并可见萧红是被一种甚么意识在伤害着了。这在萧红几乎是屈辱的忍受。一种甚么力量使她这样地忍受呢？那就是萧红曾经对 C 君说过的，在社会关系中没有可以凭借的友爱，而且还有那些遥远的不坦直的大有含蓄的眼光，在排斥着她，但萧红绝不屈服。她矜持地自卫着，同时她一面就忍受。而尤其是她在写作的精神奋发时期，那属于心魂的领域，是广阔的，她的眼前是呼兰河县城，那些朴实而又为社会所伤害了的呼兰河的人民……在这世界里她忘却了自身。这也就是为甚么那衰弱的实际上已潜伏了肺结核的身体，还能有这生命的辉煌时期的原因。

这忍受里还含有母性的激愤的慷慨。在靳以先生另一段的记忆里，就会发现这一种愤怒地肩负着卫护盾牌的精神，在这里她是爱的给予者。

还有一次，他把一个四川泼辣的女用人打了一拳，惹出是非来，去调解接洽的也是她。我记得那时她曾气愤地跑到楼上来说：

"你看，他惹了祸要我来收拾，自己关起门躲起来了，怎么办呢？不依不饶地在大街上嚷，这可怎么办呢？……"

又要到镇公所去回话，又要到医院验伤，结果是赔钱了事。可是这些又琐碎又麻烦的事，都是她一个人奔走，T 一直把门关得紧紧的，正如她所说的那样，"好像打人的是我不是他"。

实际上，据我所知道的，是那四川女用人在他们的窗口上放了一把茶壶引起来的纠纷。窗外就是过道，那些教授的女用人，常常在他们的窗口上放盘子放碗，T君已经说过多次，再若是在他家的窗口上摆东西，他就给掷出去。可是那些四川女用人并没有过分注意。而正当T君和萧红因为某种事彼此愤然默坐的时候，窗口上竟出现了一把茶壶，T君就愤然地推下去，茶壶碎了。那个四川女用人就推门进来吵，当T君向外"推"她一下的时候，她就借势倒在地上了。这也就是上文所说的"泼辣"的又一面吧！

同时我们从这里也可以看出来，T君一当他的肩头该扛负甚么的时候，他就移到了萧红的肩上。

那么为甚么萧红从她的另一个所追求的精神世界里脱出来，就是说放下她的写作《呼兰河传》的笔之后，还不摆脱她的这一种屈辱的处境呢？她是真的宽恕么？无视么？

T君给了她一个希望，这希望联系着她，那就是她可以到北平他三哥那里去养病，她可以不必愁苦搁笔之后的生活，她可以去恢复她身体的健康。世界上仿佛确实只有他关注着她的健康，而另外也仿佛真的没有人这样关注她。她是多么需要健康，需要安定，需要休息，需要暂时退伍，需要"找个深林去舐自己的伤口"。这伤口是满身都有的，不只是精神上的伤。她只是在"射击"中忘却了她的身上正在流着血，在精神的过度昂奋中，她也顾不及检视身上的伤口，然而现在她从梦幻般的状态中注意到自己体质的疲劳而且浑身潜伏着的病了。这北平的"深林"是可以庇护她的。萧红的依靠这一希望，是现出她的孤立，她在世界上只有这一个庇护的憧憬。然而，她另外还在进行于心不甘的试探……

所有这些精神的柔弱，我们只有在生活上遭遇到、感受到、思考到，才能理解的。"战斗"今天还不能解决自然学上的全部问题。

二十八、软弱

她为了参加苏联大使馆在枇杷山举行的十月革命纪念节的庆祝活动，从北碚到了重庆，住在一个旅舍里。

据说，曹靖华先生来看她，她向他打开了精神世界的窗子，她愉快地谈到她来自的道路和她受的屈辱。

"认识了你，我才认识了生活。"他感叹地说，"以后不要再过这种生活了。……"

当萧红和 T 君一起去探访他的时候，他注意到 T 君原稿上却是萧红的字迹。那是《大江》。

"为甚么像是你的字呢？"

"我抄的……"萧红说。

"你不能给他抄稿子，他怎么能让你给抄呢？不能再这样。"曹靖华先生坦率地说。

然而当萧红准备和 T 君去香港的时候，曹靖华先生没有肯定地说："你不要去，想法去重庆住下来休养吧！"据 C 君说，"只要他这样说一句，萧红就会留下来的，这是萧红逝世前向他不止一次表示过的遗憾"。

二十九、一进去就倒下来了，但她要出去

一九四〇年，她在咳嗽、头痛、失眠种种病象大显中，完成了《马伯乐》第一部。十月，为了纪念鲁迅先生的哑剧《民族魂》；同时，打算离开香港而回重庆，并且写信请她的友人 M 给找房子。然而最后她终于又留下来了。

一九四一年春天，她碰见了回国途中路经香港的史沫特莱。她到萧红的住所去探访，对萧红说："你这房子像鸽楼一样，空气也沉闷，这样住下去，对你的身体不会有利的。"她劝萧红去玛丽医院休养，

并为她奔走接洽，住院费可以打折扣，又送给她一套紫红色的大衣、女装上衣和西式裙子，还接萧红到她的住所去吃晚餐。史沫特莱还把她介绍给香港的主教，并说回到美国之后，将设法再为她筹款养病。

听从了史沫特莱先生的劝告，萧红到玛丽医院去打空气针了。走在路上，她想起来 T 君正在"时代批评社"等她呢！就打了电话，告诉 T 说，她自己从九龙过海来了，现在到玛丽医院去打针，一小时后就到他那里去。她走路还很健捷，而且这天心情也愉快。然而一进去，她就倒下来了；打过空气针，她感到的是从来未有过的疲倦，她站不起来了。这是她事先完全没有想到过的。她的身体到处是疾病，现在全部显露了。她便秘、发喘、咳嗽，而且头痛。她用的药品有头痛粉、蓖麻油、通便的矿质油，还有安眠药片。她的脸色从此开始变得灰黯，而且说话声音也低哑了。

她从三等房间，被移到室外的阳台上。这是夏天，她需要晒阳光和呼吸旷野的新鲜空气。玛丽医院就建筑在空旷的山野上面，地势高，可以望见环围着的半面海。

"你陪着我吃一片苹果吧！"她向病友，一个香港的女工说。

那个女工能说北平话，是一个二期肺病的患者，她辞谢了。

"你要吃一片的。"萧红说，"因为我们两个人在世界上都是没有亲友关心的，你若是不陪着我吃这一片苹果，你会后悔的；要留一个记忆，说是那一年我和一个名叫萧红的人，在玛丽医院养病，我们一块吃着苹果。……"

可见萧红在这个时期，她是愉快的。夜晚，她们就在阳台的床上就寝。

有一天，海上起了风。萧红从梦里惊醒，受了凉。于是从第二天起，病势就加重了，不止地咳嗽着。……她恳求医生给她打止咳针，然而据说医生很不耐烦，因为这是三等的病房，而且院方的药品是有规定的，由医生来开，不是由病人请求。萧红遭受到的又是十年前的冷视和精神上的虐待。

深夜她要求一个姓张的女看护为她打电话，她恳求 T 君立刻来。T 君宽慰她安心，并且打电话给当时留港的东北著名的民主运动人士周鲸文先生。第二天他们来探望她了。萧红恳求离院，回到九龙去。

"你要安心，你知道你回家里那个阴沉的小屋子里去，怎么会养好病呢？而且请医生来往，又不便，又耗费，你在这里的医药费我来负担，你宽心养病好了。"周鲸文先生说。

而萧红精神是不堪那种冷视，现在医生说："咳嗽不要紧呀！你不能发急……肺病还有不咳嗽的吗？"

这医生完全是大英殖民地培养出来的那种所谓绅士，他们仍然是搪塞着，没有给她打针。萧红是愤怒的，因为她自己没有得到朋友的信任，她的朋友们反而信任着医生。她沉默了。夜深，她想，她会死在这些冷视者们的手里的。她的朋友们都在劝慰她，然而这痛苦只有她自己能感受到的，她逐渐不安起来。她想，还是要靠自己，她必定得离开这不供药品的所在，她不能再咳嗽下去了。……她披起衣裳，偷偷下了床。她已经走过寂静的室外走道，然而在楼梯口，她被护士拦住了，于是惊动了医生们，他们对她轻蔑地说："你要做甚么？"

"我要离开你们的医院，我不住了。"萧红说。

"达克特儿（英语：doctor，医生。）不给签字，你不能出院呀！"女护士说。

"我不管，我是要出院的！"

"你发疯了。"那个主诊的医生说，"你不管，若是你丈夫向我们要人呢？"

"我要回去！"萧红当时几乎要哭了。

"回去躺着吧！等到明天你丈夫签了字，领你出去！"

萧红被扶持到她的阳台上的病床上。她想 T 是绝对不会真诚地为她着想的，他会推脱，会说宽慰话。……据她对 C 君说："当时我想到萧军，若是萧军在四川，我打一个电报给他，请他接我出去，他一定会来接我的。"

最后，她到底想到另一个朋友，那朋友是香港东北救亡协会的领导人于毅夫先生。他接到电话，立刻来玛丽医院探访她，他答应给她帮助。

同时周鲸文先生已经在为萧红拟定了住玛丽医院的预算，他答应T君，只要还住在玛丽医院里，半年的住院费，全部由他来负担。

然而萧红在于毅夫先生的支持下出院了。但他热忱地为她奔走的募款计划却失败了！然而萧红感到了无限的宽慰，恳求他为她设法出版《马伯乐》，她在这上面寄寓了希望。而且史沫特莱已有两百港币的汇款由美国寄来，那是史诺夫人（海伦·福斯特）译的她的一篇散文的稿费（发表在《亚细亚杂志》上）。[9]但这笔款，她始终没有得到。因为十二月八日太平洋战争爆发了。

三十、恐惧与无畏

一九四一年十二月八日晨九时，柳亚子先生神色匆匆地走进萧红卧病的房间，脸色带着一种敌机轰炸所给予的严肃。他问："你好一些么？"

萧红抓着他的手，眼睛现着恐怖，说："我害怕！"

"你怕甚么呢？"柳亚子先生说，"不要怕。"

"我怕……我就要死。"她黯哑地说。

"这时候谁敢说能活下去呢？"他站起来了，"这正是发扬民族正义的时候，谁都要死，人总是要死的。为了要发扬我们民族的浩然正气，这时候就要把死看得很平常……"他还激动地说了一些话。在这里C君所见到的是一种大无畏精神。他匆促走后，萧红说："我是

---

9 据《萧红与美国作家补遗》作者葛浩文先生的考证，是发表在一九四一年九月份《亚细亚》月刊上，为《马房之夜》。

要活的！"这声音仍是黯哑的，低弱的。

T君是同样匆促地随着柳亚子先生走了。临走叮嘱C君："你不要走，陪陪萧红，我一会儿就回来。"

萧红的惨白脸色现着恐怖，她说："你不要离开我，我怕……"

这时候九龙陷在恐怖和混乱中。也许是过度恐怖吧，她疲倦思睡，并要在睡眠中握住C君的手。据C君说："当时感觉到她仿佛怕被人在紧张中抛弃。"

三十一、萧红谈话录之一

当C君护送萧红到香港思豪酒店五楼之后，《大公报》记者杨刚先生来探望她。杨刚走后，C君告别，要到九龙去抢救他的小说稿。那时候萧红已经半年不能走动了，她躺在床上说："英国兵在码头上戒严，你为甚么冒险呢？"

"我要偷渡。"C君说。

"那么你就不管你的朋友了么？"

"还有甚么呢？我已经帮你安排好了。"

"你朋友的生命要紧还是你的稿子要紧？"

"那——我朋友和我一样，可是我的稿子比我的生命还要紧。"

"那——你就去！"

"那是自然的。"

然而C君发现萧红埋过脸去，在一段理论式的对话里，"崇高精神"和"作家向作家的要求"之类的语句里，C君终于沉思着在萧红面前安定下来了。

萧红说："对现在的灾难，我所需要的就是友情的慷慨！你不要以为我会在这个时候死了，我会好起来，我有自信。"

萧红说："你的眼光就表示你是把我怎么来看的，这是我从前第一回见到你的时候，就感觉到的了。你也曾经把我当作一个私生活是很浪漫式的作家来看的吧！你是不是在没有和我见面以前就站在萧军那方面不同情我？我知道，和萧军的离开是一个问题的结束，和 T 又是另一个问题的开始。你不清楚真相，为甚么就先以为是他对，是我不对呢？作家是不该这样对人粗莽。"

萧红说："我早就该和 T 分开了，可是那时我还不想回到家里去，现在我要在我父亲面前投降了，惨败了，丢盔弃甲的了。因为我的身体倒下来了，想不到我会有今天！"

萧红说："T 是准备和他们突围的。他从今天起，就不来了，他已经和我说了告别的话。我不是已经说得很清楚么？我要回到家乡去。你的责任是送我到上海。你不是要去青岛么？送我到许广平先生那里，你就算是给了我很大的恩惠。我不会忘记。有一天，我还会健健康康地出来。我还有《呼兰河传》的第二部要写……"

萧红说："他么？各人有各人的打算，谁知道这样的人在世界上是想追求些甚么？我们不能共患难。"

萧红又说："我为甚么要向别人诉苦呢！有苦，你就自己用手掩盖起来，一个人不能生活得太可怜了。要生活得美，但对自己的人就例外。"

"我不理解，怎么和这样的人能在一块共同生活三四年呢？这不太痛苦么！"C 君问。

萧红说："筋骨若是痛得厉害了，皮肤流点血也就麻木不觉了。"

这时候 T 君走进来，还为萧红带两个苹果。据 C 君说这是出乎意外的，因为从战争爆发的第二天（九日），他就一直没露面，也不知道躲到哪里去了。

"你不是准备突围吗？"

"小包都打起来了，等着消息呢！"T 君这样说，并且为萧红刷洗痰盂，不久就走了。

夜晚，萧红给柳亚子先生打了一个电话。她愉快地笑着说："我完全像好人似的了。我的精神很好。"她向 C 君愉快地说："他听到我的声音，说'你能打电话了呀！'他那个高兴的口气……在这样慌乱的时候，他还能注意到我的声音，说是从我的声音就知道精神好了，这真是诗人的真挚。在这混乱时候，谁还能注意一个友人的声音呢？"仿佛她是收到 T 君转来柳亚子先生送给她的四十元美金，这电话是道谢的。

三十二、萧红谈话录之二

一九四二年一月十三日黄昏，萧红躺在跑马地"养和医院"的病室里，C 君和头天晚上带着行李来的 T 君在床侧，围蹲在酒精蒸气炉旁。那天萧红动过手术。医生李君误断为喉瘤，喉管开过刀。萧红平静地靠在活椅式的病床上说："人类的精神只有两种，一种是向上的发展，追求他的最高峰；一种是向下的，卑劣和自私……作家在世界上追求甚么呢？若是没有大的善良，大的慷慨，譬如说，T，我说这话你听着，若是你在街上碰见一个孤苦无告的讨饭的，袋里若是还有多余的铜板，就掷给他两个，不要想，给他又有甚么用呢？他向你伸手了，就给他。你不要管有用没有用，你管他有用没有用做甚么？凡事对自己并不受多大损失，对人若有些好处的就该去做。我们的生活不是这世界上的猎得者，我们要给予。"

萧红又说："我本来还想写些东西，可是我知道我就要离开你们了，留着那'半部红楼'给别人写去了……你们难过甚么呢？人，谁有不死的呢？总要有死的那一天，你们能活到八十岁么？生活得这样，身体又这样虚，死，算甚么呢！我很坦然的。"

又慰 C 君说："不要哭，你要好好地生活，我也是舍不得离开你们呀！"

萧红的眼睛湿润了，她又低声说："这样死，我不甘心……"

T 君站在床侧哀哭。

"我们一定挽救你。"T君痛哭着说，"C，你来，我们出去商量商量。"

据C君说，在T身上这是为他很少见的一种友爱的真挚。他们握手，并且拥抱；但这真挚像阳光的闪耀，只一个夜晚，就又隐蔽了。

三十三、她掷下了求解放的大旗

但她所走的路程，也就是人类历史的一段，不管是一寸一分，总是永生的。

——柳无垢《悼萧红》

据C君说，一月十八日午由C、T两人陪同萧红乘"养和医院"之红十字急救车，转入"玛丽医院"。在院门右侧窗口，萧红曾向伏窗问询的年轻病妇，表示问候的微笑，那就是曾和她共在阳台上度夏的女工。二时，在手术室换了喉口的呼吸管。夜晚，萧红在六楼的病室里平静地躺着，盖了院方的白羊毛毯。

十九日夜十二时，萧红见C君醒来，眼睛即现出"你睡得好么"的关切神情，又微微笑着，用手势要笔。

萧红在拍纸簿子上写道："我将与蓝天碧水永处，留得那'半部红楼'[10]给别人写了。"

写最初九个字时，C君曾说："你不要这样想，为甚么……"萧红挥手示意不要拦阻她的思路。

又写："半生尽遭白眼冷遇，……身先死，不甘，不甘。"并掷笔微笑。三时示意吃药，并吃苹果半个。这时候，她由喉口铜管呼吸，声带无力发音，然而神色很恬静。并要纸写："这是你最后和我吃的

10　这"红楼"是指她曾经谈到过的，将在胜利之后，会同丁玲、绀弩、萧军诸先生遍访红军过去之根据地及雪山、大渡河而拟续写的一部作品。关于这些谈话，作者有机会当再写。在这里仅是对萧红精神上一个轮廓的探求。

一个苹果了！"

一月二十一日早晨，萧红和两君谈话（铜管被痰堵塞因而能发音了）的时候，脸色红润，状颇愉快，而且吃了半个牛肉罐头。她说："我完全好了似的，从来没有吃得这样多。C坐下来抽支烟吧！没有火么？"

C说不想抽烟，实际上确实是没有火。萧红说："我给你想法。"

"这些事你就不要操心，你养你的病好啦！"T君说。

萧红说："等一会儿，塞斯特儿就来啦！"她按过了床头上的电铃。

C君说："你知道整个医院都没有人了。"（据说他当时曾去厨房、楼上、楼下，到处走过，为了找盒火柴。）最后C君走出"玛丽医院"的大门，想在就近的乡村，或者是公路上碰到小摊甚么的，买一盒火柴。终于走到了香港市区。他想，从战争开始，就没有回九龙去过，现在日本军已占领二十六天了，他为甚么不借这机会到九龙去一趟？医院里又有T君在，而且萧红今天又很好。他将去看看他的小说稿子，那是他在桐油灯下，耗费了连续两年的时间所得到的收获。他排入了尖沙咀渡口的购票队伍，直到十二时，才上了船。据C君说，香港到九龙每隔二十分钟就有一班船，然而他没有想到，在九龙仍需要排长队。而且，七点轮渡就停止了。他站在队尾，而队尾仍然陆续有些人接着排。终于都先后被日本兵驱散了。

一月二十二日黎明，C君回到香港，手里捧着一大盒面包和罐头，走到"玛丽医院"。大门已挂上"大日本陆军战地医院"的牌子，日本哨兵用刺刀截住了他。被无理地搜索之后，C君问："这里的病人到哪里去了？"然而哨兵没有理他，退了回去，他也就捧着盒子，跟在他身后，走入了医院。六楼的病室完全空了，床上、墙上一个纸条也没有留。

一月二十二日午前九时，T君偕同C君到了红十字会临时设立的圣士提反临时病院。据T君说："萧红晨六时就昏过去了。"

萧红仰脸躺着，脸色惨白，合着眼睛，头发披散地垂在枕后，但牙齿还有光泽，嘴唇还红，后来逐渐转黄，脸色也逐渐灰黯，喉管开刀处有泡沫涌出。

十一时，萧红终于掷下求解放的大旗，离开了人间。她非死于肺病，实际肺已结疤，验痰无菌。

二十四日萧红遗体在跑马地背后日本火葬场火葬。

二十五日将近黄昏葬于浅水湾，地近"丽都花园"海边。

一九四六年十一月十九日待订正稿

三、四章，重要参考及采录之资料：

许广平《追忆萧红》、丁玲《风雨中忆萧红》、绀弩《在西安》、罗荪《忆萧红》、靳以《悼萧红与满红》、梅林《忆萧红》、苏菲《悼萧红》、绿川英子《忆萧红》、柳无垢《悼萧红》、文若《失题》诸篇。

萧红简传

著名女作家萧红，本名张迺莹，又一笔名悄吟。一九一一年农历端阳节，她出生在黑龙江省呼兰县一个官僚地主的家宅内。

萧红的生母，在她十岁时就死去了，父亲由于继母的关系，对她也不怎关心。她和她的同母弟弟，是在祖父的关怀和抚育下度过寂寞的幼年时代的。她有两只乌黑闪亮而又特别敏感的大眼睛，不须说，幼年时是一个挺机灵的、会讨人喜欢的女孩子。

大约是在一九二八年，她结束了在呼兰县城的小学生生活。一九二九年，在祖父支持下，她到哈尔滨的东省特别区第一女子中学（现在的第七中学）当寄宿生。这时，她已年满十八岁，是一个有着苗条身材而体质却不健壮的少女。

学校的女校长，据说是一个守旧派，宿舍的女学监管得也挺严。学校的围墙又高又厚，但这终于阻挡不住五四新文化运动和大革命带来的影响。尤其是当时的哈尔滨，已经是中国共产党满洲省委的建党重点基地，而当地著名的《国际协报》《大北新报画刊》等编辑部门，都受着上海正在兴起的左翼文化运动影响，转而也影响着这个女一中的师生们。

当时给这位中国未来的女作家影响最大的，有从上海美专毕业归来的美术教师高仰山，有任史地教员的北平大学生，还有同萧红关系密切的青年李某，因之，萧红在组织本班的野外写生画会的同时，开始对鲁迅、茅盾的作品，还有易坎人（郭沫若）译的《屠场》《石炭王》等国外现代文学，发生了浓厚的兴趣。这些，奠定了她未来走向文学创作道路的基础。但在当时，萧红却是以未来的女画家自许的；并且还产生了对于未来祖国的憧憬，在绘画取材方面，明显地带着"普罗"文学的"左"倾色彩。

一九三〇年，萧红的祖父逝世，她失去了家庭里唯一的庇护者。这年夏天，为了给家庭缩减开支，她被迫退学了。萧红为了逃避包办婚姻，不久就从家庭出走，随着哈尔滨那个李姓青年由哈尔滨到了北平。

北平，是五四新文化运动的发源地，是她所憧憬的地方。她决心到那里进艺术专科学校。自然，也许未来就是这个李姓青年的妻子。她准备住到他家里去。但他北平的家里，到底还有些甚么人呢？她，怀着少女所特有的自尊心，是不便开口问的。总之，一随他踏上从满洲里开往山海关的火车，她就有一种从来未有过的自由和幸福的感情。她终于从那继母当权的小官僚地主的家庭里解脱出来了！离北平越近，她那稚气的白白的脸色，越显得光润，而那两只特别机灵的乌黑的大眼睛，越闪着幸福将要临近的兴奋的光辉。但她注意到那个李姓同伴，那个英俊的青年大学生，离北平越近，眼色却越阴暗，仿佛有着甚么隐约的忧虑。这是为甚么呢？她开始敏感地向他注目。这注目的眼光终于被他发觉了，于是向她微笑，仿佛是有意宽慰她。而她是那么天真、单纯，果然也就宽慰地笑了。

他们终于到达了北平，在前门火车站，各自提着各自的皮箱，坐上人力车，来到一个胡同的小院门前。萧红又一次注意到，她的同伴脸上显得心事重重，眼神里有疑虑、不安和忧愁。

一进那个小院门，萧红就从一个目光流露意外欣喜而又有所惊奇的女人的审视中，立刻感到这是那旅伴的真正的妻子。她顿时哑然无声，站在那里静静地观望着那个怀抱孩子的少妇盘问丈夫，随同他来的是甚么人？而那原本很爽朗的李姓青年，却嗫嗫嚅嚅地低声解说着，于是，那个少妇立刻大声叫嚣起来！

萧红愤然把外衣搭在臂上，昂然提起自己的手提箱，几乎头也不回地说："好，我走啦！再见！"

她对那个李姓青年毫无怨言。当时，她矜持地想："难道我是来和你争男人的么？真是笑话！"据她自己说当天她就坐上开往关外的火车，又回哈尔滨了。

以后，萧红在《商市街》里描写的一个失去依持的孤独、穷困而又矜持不屈的少女，踯躅在哈尔滨秋夜的街头，应是这一时期作者的境遇和情感的自绘吧！

一九三一年春，萧红第二次来到北平，考入了女师大附属中学，而且那个为家庭包办婚姻所确定的未婚夫——据《萧红书简》注释者说，也随后追到北平进行"无耻的纠缠"了。当时两人都在北平读书，而萧红这时已经摆脱不掉这个未婚夫的"无耻纠缠"，很可能是她在最后取得家庭的有条件的经济支援，或者是家庭转手从她的未婚夫处，得到了负担她继续到北平求学的经济费用。总之，震撼中外的九一八事变突然发生了，关外的家乡重镇——沈阳，首先为日本侵略军所占领。在这样的民族危机压迫下，个人的命运、爱情又算得了甚么呢？萧红终于在那个未婚夫的诱骗下"妥协"了！一九三二年春，两人脱离了学校，也离开了北平，双双回到哈尔滨，夫妇式地同住在道外的一个旅馆里。在这里，萧红暴露了作为一个女人的弱点，矜持而又天真，听不得甜言蜜语，虽说有那么两只敏锐的机灵的大眼睛，却不识人间的鬼！结果，这个由家庭包办、为合法婚姻确定的未婚夫，在欠了旅馆六百元债务之后，竟把自己业已怀孕的未婚妻作为抵押，声称回家筹款，却从此一去不返，而且音息全无。于是萧红作为债务的"抵押品"，为旅馆主"幽禁"，受着监视，出入也不得自由了。

这种屈辱如囚的困苦日子开始不久，她就寄信向《国际协报》文艺副刊编辑部求援。显然，她从那副刊的作品里，嗅到了左翼文艺运动的"普罗"文学的芳香气息，自信可以通过副刊编者找到朋友和同志。结果，当时的笔名三郎的青年小说家萧军，受报纸副刊主编人的委托，到道外正阳街东兴顺旅舍来探望她了。

未来的三十年代文艺中期的中国现代文学界的两颗明星第一次会面了，各自带着当时还微弱或不明显的光环。他们两人是怎样一开始就互相吸引着对方，最终并肩进入同一条轨道运行的呢？原来萧红在一份旧的《国际协报》副刊上，刚刚读过萧军以三郎笔名发表的连载短篇小说《孤雏》。因之，她就根据这篇作品，把来客作为"普罗"文学工作者的同道了。她坦率而流畅地对他如故友重逢一样，说起自己过去的经历和当前的处境。谈话滔滔然如泉涌般的流水。而对方呢？面对着"半长的头发散散披挂在肩头前后，一张近于圆形的苍白的脸幅，嵌在头发中间，有一双特别大的闪亮的眼睛"的这样一个年轻女主人，而且她整身一件长衫，开襟的一边已经裂到膝盖以上，还光着两脚，拖着一双变形的旧女鞋，尤其是腹部隆起，已是一个待产的孕妇了。因之，他几乎是心不在焉地听着，注意力却为散在床头上的插图式的铅笔画，和魏碑体的"双勾大字"吸引过去了。他惊奇地发问，两眼显出赞美和倾心的神色，这就完全改变了一个陌生人来访时的拘谨而又肃然的面容。

那边清溪唱着，

这边树叶绿了，

姑娘呵！

春天到了……

去年在北平，

正是吃着青杏的时候，

今年我的命运，

比青杏还酸！

那有着一双特别大的发亮的眼睛的女主人，敏感得很，究竟在来访的陌生人的神色和问话中感到了甚么变化呢？一种少女式的羞怯的血色，立刻浮上原来是苍白的双颊，于是她的面貌霎时间也完全变了。就在这短短的一瞬间，彼此从目光中都感到相互反射的倾慕和喜悦。据现已七十二岁的萧军同志回忆："那时，出现在我面前的，是我所认识的女性中最美丽的人！也可能是世界上最美丽的人！"年轻的来访者暗自骑士般地发誓，必须不惜一切牺牲来搭救她！

事有偶然，正在萧军与一些左翼文艺界的朋友们研究怎样援救她于困厄之中的时候，松花江大堤在山洪冲击中决口了。市区一片汪洋，街道上江船来往如梭，萧红住的二楼，已经变成水中的一座平房，水面眼看要和二楼窗口一般平了，旅馆监视人等早已逃散。当萧军搭船来迎接的时候，她已搭柴船安然抵达萧军早已写给她的住处了。不久，她在哈尔滨第一医院的产科，生了一个女孩，出院时，婴儿就留给医院了。她在商市街二十五号和萧军开始了共同的生活。在左翼文艺圈子里，婚礼的形式是不需要的。这是萧红在人生历程上的第二个转折点。

一九三三年春，她在以萧军为主的左翼文艺青年朋友的鼓舞下，写出了第一个短篇《王阿嫂之死》，署名悄吟。全篇完稿却已是五月了。

一九三三年冬天，出版了两人合著的短篇小说集《跋涉》。这时日伪统治势力已经日渐扩展。带着"普罗"文学作者的桂冠，在哈尔滨是越来越不能安身了。一九三四年夏天，两萧相偕出亡青岛。萧军应舒群同志之约担任了《青岛晨报》的副刊编辑，萧红完成了以后著名国内的中篇小说《生死场》。等萧军也在编辑工作之余完成了《八月的乡村》，两人一起南下，来到左翼文学的发源地上海。

一九三四年十二月，在两萧的邀请下，鲁迅先生和他们在北四川路底一间犹太人开的咖啡馆里第一次见面了。应该说，这是左翼文化界一方的主帅和两个游击战士的会师。那天，鲁迅先生穿着中国式长袍，胶底布鞋。那种朴实而又严肃的姿态，给萧红和萧军留下终生尊敬而又难忘的印象。以后在萧红的《回忆鲁迅先生》一书里，有较详的记述。不久，两萧又接到了鲁迅先生的请束，与鲁迅先生在广西路梁园豫菜馆，做通信以来的第二次会晤，应约参加宴会的有茅盾先生，有聂绀弩夫妇，还有"奴隶丛书"之一《丰收》的作者叶紫等人。转过年来，两萧从青岛带到上海的那两部稿子，都冠以鲁迅先生的序文，作为"奴隶丛书"之二、之三，陆续在上海出版了。这两部作品，都带着浓厚的已经沦于日本侵略者的关外所特有的乡土气息，写中国人民于"死的挣扎"中，也昂扬着"生的坚强"。于是，产生在危亡之秋的祖国大地上的这两本书，形成两股巨流，与波澜壮阔的三十年代左翼文艺运动的主流汇合，产生了广泛的政治思想影响。两萧由此作为来自东北三省的生力军，开始在中国的现代左翼文学界引人注目地闪耀光芒了。正如三十年代前期在文艺界出现的丁玲和她的《莎菲女士的日记》一样，这些作品，可以说是轰动国内的。由于两萧的影响，以后陆续从哈尔滨相继南来的左翼文艺工作者，前有舒群，后有白朗、罗烽、林珏、张棣赓（狄耕）、杨朔，以及著名的苏联文学的译者姜椿芳、铁弦、金人。此外，还有来自黑龙江的诗人辛劳，来自吉林的师田手等人，形成了"东北作家"群。尾随胜利而来的往往是骄傲。于是，特别敏感的萧红，不久就发现自己作为女性在家庭所处的从属地位的屈辱了，对于自己孤傲的自尊心它是一种怎样不能忍受的挫伤呀！而萧军的主观自负和个人英雄主义在当时是有名的。终于萧红只身东渡去日本了，而且还幻想着有一天去巴黎学画。这已经是一九三六年秋季了。这一时期，萧红继《生死场》之后，在上海发表了著名的短篇小说《牛车上》《手》，还有署名悄吟的《商市街》，不管是在故事结构所形成的主题思想上，还是在艺术的表现方法上，这些作品已达到炉火纯青的程度。她在日本完成的作品有《孤独》等。一九三七年春，萧红从日本回上海，开初仍与萧军同住在法租界，五月又离开上海，独自去北平了。这次不仅仅是要摆脱在家庭中的从属地位，主要的却是由于对方在感情上一度离开了家庭的轨道。正如四十二年后萧军所说，"这一次无结果的爱情"成为他"终生的遗憾"，对于萧红是怀着一种深沉的负疚式的自责。因之，如果以为萧军没有自我批评精神，也是不公正的。

萧红这次只身出走，对萧军来说，是一个很大的打击。以后在西安的分手，可以说是从这次离别就已开始的结局。两萧爱情上的分水岭，实际是在这里。

萧军送萧红只身北上后，当天夜里和东北的《国际协报》的左翼文艺界的朋友罗烽告别，已近十二点了。他一个人孤零零地在法租界一条僻静的大马路上，忧郁而哀痛地唱着：

> ——孤独地踏着
> 落小雨的大街
> 一遍一遍又一遍……
> 全是那一个曲调：
> "我心残缺，
> 我是要哭的……
> 可是夜深了，
> 怕惊扰别人！
> 所以唱着归来；
> 我心残缺……
> 我不怨爱过我的人薄幸，
> 却自怨自己的痴情！"

见《萧红书简》附录萧军第一信

一九三七年五月，萧红只身去北平的时候，就已经预示了以后在西安的分手，两人那种各自矜持、互不相让的原因，也就很容易理解了，根源是早在这时就深深埋下的。这时"七七"抗战爆发了，在标志着伟大的民族革命战争开始的隆隆炮声中，个人生活中间的爱情伤痕又算甚么呢？于是萧红返回上海，过去的就永远让它过去吧！不管这个过去是胜利的，还是失败的，是值得骄傲的，还是受过屈辱和损害的，人总不能为过去的记忆所淹没，沦为历史的奴隶。应该注意的却是今天和未来，尤其是关系到每个人命运的整个民族的未来，无产阶级的未来。是在"八一三"之后，两萧相偕随着聂绀弩等上海左翼文艺界的朋友们到了武汉，萧红与萧军同住在武昌，成为诗人锡金家里的住客。冬末，他们又应山西民族革命大学李公朴先生之约去临汾，同行人除聂绀弩同志之外，还有著名的诗人艾青和田间。

他们一九三八年一月到校，萧红任文艺指导。

在这里，萧红和丁玲第一次见面了。这是文学史上两个著名女作家的一次珍贵的会晤。当时，丁玲带领着她那著名的西北战地服务团。她头戴八角帽，身着军装。我们可以想象到是一种怎样飒爽、豪迈的姿态了。萧红感到她有些英雄的气概，然而她那笑，她那明朗的眼睛，仍然属于女性的"柔和"。而丁玲对萧红的印象呢？觉得她说话那么自然而且直率，当时很奇怪，为甚么作为一个作家的萧红，这样少于世故？自然，处于两个完全不同的社会的两个左翼女作家，一开始就心魂交融了。正如以后丁玲在《风雨中忆萧红》一文里所说："我们在西安住完了一个春天，我们也痛饮过，我们也同度过风雨之夕，我们也互相倾谈，然而现在想来，我们谈的是如何得少啊！""那时候很希望她去延安……但萧红却南去了，至今我还后悔那时我对她生活方式所参与的意见太少了。"是的，尤其是丁玲当时还领导着全国左翼文学界所瞩目的西北战地服务团，而和萧红又相处很久……由于珍惜鲁迅先生所介绍的左翼文艺战士之间的友谊和爱情的聂绀弩，却试探着干预萧红的未来，深切关心着她未来的创作、生活和命运，而且几乎临近拉着她的臂膀相偕走向延安的希望，但终于又给滑脱了，终于也没有握住。这就是那个短短的有节的小竹棍所象征的友情了。自然，这是二月间战火已经危及临汾，两萧已经"分别"之后了。当时，萧红决定离校，和朋友们一起，随着丁玲率领的西北战地服务团乘火车去西安。而萧军却决定单独留下来，准备上山打游击。分手意味着"永别"。两人如相偕同行，那么必须有一个舍弃自己的意愿，而屈从于对方，最后还是萧红试图说服对方同去西安，但为对方所拒绝。两人这时都已明确地感到，这将是最后的"诀别"了。六年的患难夫妇生活，已走到它的终点站，但两人谁也不明确地宣布。

在萧军送别萧红的临汾火车站站台上，萧军来回走着向他的好友聂绀弩说："哦，萧红和你最好，你要照顾她，她在处世方面，简直甚么也不懂，很容易吃亏上当的！"

"以后你们……"

"她单纯、淳厚、倔强，有才能，我爱她……但她不是妻子，尤其是不是我的！"

"怎么？你们要……"

"别大惊小怪，我说过我爱她，就是说，我可以迁就她，不过这是痛苦的，她也会痛苦。但是如果她不先说和我分手，我们还永远是夫妇，我决不先抛弃她。"

但在西安呢？一个月色朦胧的晚上，萧红穿着酱紫色的旧棉袍，外披黑色小外套，歪戴一顶女毡帽，夜风吹动着帽外的鬓发和白围巾。她一面走，一面心不在焉地用手里那根小竹棍，敲着路边的电线杆子和街树。

她和聂绀弩并肩走着，心不在焉地说：

"我爱萧军，今天还爱，他是一个优秀的小说家。在思想上是同志，又一同在患难中挣扎过来。但是做他的妻子却太痛苦了。我不知道你们男子为甚么那么大的脾气……为甚么要对妻子不忠实……忍受屈辱已经太久了！……"

他们在那条月色朦胧的正北路上来回走着，谈了很多很多，最后才决定：

"我有一件事要拜托你。"随即举起手里的小竹棍，看了看它："这，你以为好玩吗？"又说："今天有人要我送给他，我答应明天再说。明天我打算放在箱子里，却对他说是送给你了。如果他问起你，你就承认有这么回事，行么？"

绀弩不假思索地答应了。他知道，萧红是讨厌这个人的，而且也立刻意识到，难道这个人在向她"进攻"么？他突然想到萧军在临汾的嘱托，于是他说："飞吧，萧红！记得爱罗先珂童话里的几句话么？'不要往下看，下面是奴隶的死所'……"这个一九二八年莫斯科东方大学的留学生，当时年在三十五六岁的青年作家，对萧红的友情是深切而又纯洁的，他哪里会想到，萧红不久就失去了她那珍藏起来的二尺多长的小竹棍。而且是在为她的亲切的好友送行饯别的时候，用她那特别敏感的两只乌黑乌黑的大眼睛，深情地负疚式地默默望着他独自小酌，因为她自己已经吃过饭了，特意请他，直到两人走出饭馆，她才说：

"要是我有事对不住你，你肯原谅我么？"她终于说："那小竹棍，刚才我已经送给他了！"

"怎么送给他了！"绀弩说。萧红的这个真挚的友人，感到一个不佳的预兆，接着又问："你没有说，已经送给我了么？"

"说过，他坏。他晓得我说谎。"

两人沉默了。

"那小棍只是一根小棍儿，它不象征着甚么吧？"

"你想到哪儿去了？"萧红把头歪过去，望着别处，"早告诉过你，我怎样，讨厌谁？"

"你说过，你有自我牺牲的精神。"

"怎么谈得上呢？那是在谈萧军的时候。"

"萧军说，你没有处世经验？"

"在要紧的事情上，我有！……"

但《在西安》的作者聂绀弩的记忆中，她说这话时，声音在颤抖。

他没有说："你和萧军是鲁迅先生在上海介绍我们相识的，我珍视我们之间的友谊，又在临汾受过萧军的委托，要照顾你，可是明天我就要到延安去了，因之，要对你说几句话。"他仅仅说："萧红，你是《生死场》的作者，是《商市街》的作者，你要想到自己在文学上的地位和影响，你要向上飞，飞得越高越好……"

第二天，在送行者围绕的人丛中，这个年轻潇洒的作家，还做着飞的姿势，扬起两臂，并且用手指着天空。萧红也会心地报以微笑。

但是，到了夏季，聂绀弩随同打游击的理想未能实现的萧军，从延安伴偕丁玲来到西安时，已经是为时过晚了。一到××女中（他们的住处）那个宽阔的院落里，丁玲的团员就喊：

"主任回来了！"

萧红和手持二尺长小竹棍的那个人，一同从丁玲的住房里走出来。一见萧军，两个人都愣了一下，接着是手持小竹棍穿着马靴的那个人赶过来，和萧军拥抱。但绀弩一望那神色，就感到有些畏惧、惭愧，似乎说，呵！这一下可糟了！这是多么复杂的感情！而军人打扮的丁玲向萧红豪爽地欢呼着：

"萧红像一朵花一样，好新鲜呀！"

接着是那个手持小竹棍的人，跑进绀弩的住室，拿起刷子，连忙为他刷着作为胜利品的日本军大衣上的征尘，低着头说："辛苦了！"但绀弩听见的却是，如果闹甚么事，你可要帮忙啊！也正是在这时候，萧红单独走进盥洗室，不待萧军看清来人，就轻声告诉他：

"萧军，我们永久分开吧！"

萧军头也不抬地应声说："好！"

萧红临走又说："若是你还尊重我，那么你对他也要尊重！我只有这一句话，别的不用谈了！"正如以后他们的好朋友聂绀弩同志的《在西安》那篇回忆萧红的散文里所说的，那大鹏金翅鸟一个跟头栽到奴隶的死所上了！这是萧红的光辉十年中的又一个转折点。她开始走向临近死亡的后四年的凄风苦雨的寂寞路程。她在西安再也不给萧军单独相处的机会，她哪会想到以后在武汉又一次遭到不幸……她依然是腹部隆起，怀孕待产，在宜昌的入川江轮码头上，却为纵横的绳索所绊倒，就那么直直地躺在黎明前那种夜色朦胧的码头上，直到有赶船人路过时，才扶起她来。她在码头上那么面朝夜空躺了很久很久，望着夜色未消的天空，想到自己失去的家乡，呼兰河的秋夜，三星和童年……这应是决心完成《呼兰河传》写作的契机，自然首先她要更坚强地活下去。她还有许多东西没写出来呢！中国这个半封建半殖民地的有着古老文化传统的社会，有的领域人与人之间的关系是那么单纯，但有的又是那么可鄙和复杂。这就是以后《呼兰河传》和长篇小说《马伯乐》两部作品反映的两个世界。萧红在重庆埋头于写作，以填补在人生旅途上所遇到的家庭生活的空虚。但《呼兰河传》还没完成，第一次反共逆流开始冒头了！萧红于是在一九四〇年春随其同居者离开了重庆，来到了香港，而一年以后，轰动国内外的皖南事变发生了！在第二次反共逆流的冲击下，在未来中国的好总理周恩来同志的指示和安排下，一部分在社会上很有影响而为国民党特务所迫害的文化战士，如桂林《救亡日报》的创办人夏衍同志、重庆的以茅盾先生为首的左翼文化界人士，还有胡愈之、邹韬奋等著名学者，都先后出亡香港。当时萧红在海涯一角的英国租借地九龙，已经完成了她那散文式长篇小说《呼兰河传》的最后一章，就又开始继续着手于《马伯乐》的长篇著述了。萧红在文学创作上是勤奋的。当《马伯乐》上部在香港出版的时候，下部也已完成，而《呼兰河传》同时在桂林的上海图书杂志公司出版。这时候，萧红已经将要走完她在文学上的仍然光辉闪闪的接近终点的路程。最后的一个短篇小说是《小城三月》，仍然取材于少女时代的乡居生活。她已经在这方面耗尽了最后的一点还能和病魔搏斗的精力。一九四一年夏，终于听从美国著名女作家史沫特莱的劝告，进入香港玛丽医院做医疗。她是仍如常人一样两腿健捷地走进去的。她害的是肺病，咳嗽得厉害。进院之后，做了甚么新式疗法的气体注射，空气针一注入肺部，萧红就从此倒下，两腿再也不能站立了。她脸色苍白，但精神还是很好的。等秋天出院回到九龙自己住宅的时候，却只能低沉地与友人做短促的谈话了。这时她病情严重，害的是支气管扩张、哮喘，痰也特别多。不久，太平洋战争爆发了……她的弟弟张秀珂一九三七年在上海结识的那个年轻友人衣不解带地护理着她，度过了她的文学创作上光辉的十年路程的最后四十四天。

烽火流离中几经辗转，这个中国现代文学史上优秀的女作家，终于在一九四二年一月二十二日，离开了虚伪与真挚、天真与邪恶、卑劣与崇高相互交织组成的那个殖民地社会，并不瞑目地死去了！

萧红衣冠墓初葬香港浅水湾，解放后移广州郊区公墓。

一九七九年七月二十日于北京

太平洋战争爆发之后

——《萧红简传》增订篇

一九四一年十二月八日太平洋战争爆发了。

萧红正处于惶惑不安的情绪中，稍晚于她的一个同代东北作家 C 君，在战争爆发的当天早上，也就是正当敌机开始轰炸不久，就从九龙太子道的路底森马实道寓所，搭 × 号巴士来到太子道另一端的乐道萧红寓所。他原想共做避难的计议，如果远离市区，都到农村去，那么他们可以相依为邻，因为萧红卧床不起，在战争中是需要人照顾的。决定之后，C 君再回自己的寓所收拾东西，必要时自然要带着那个广东"阿妹"共搭伙食。萧红与她的同居者 T 君，对于 C 君的来访，正是求之不得，因为 T 君正想去香港与有关友人做去留计议，而萧红旁边正需要有人照料——不管是去香港还是留在九龙的大青山农村。必得协助病者重新安顿下来，C 君才能回森马实道，去搬取自己的东西。

等屋内只有两人的时候，萧红就要 C 君伸出手来，说是自己过于疲倦了——仿佛在 C 君来访之前，由于敌机轰炸、战争突然爆发而带来的不安过于猛烈了，又仿佛两位同居者之间发生过甚么意见分歧，引起过激动的争论。总之，她显然是过于劳累了！要闭闭眼，要"眯"一会儿，打个盹，但必须要抓住身旁人的手，很怕身旁的人在自己睡着后就突然会悄悄溜掉似的，仿佛在战争中任甚么朋友都不可信任，只有手握着手才牢靠似的。她说："这样，我的心里就踏实一些！"这是闭着眼，自语般说的。C 君就感到她的极度疲劳，是由于战争带来的惶惑感，而且她是有些神经过敏。因之为了宽慰她，说过"有我们在，你就放心好了，怎么样也不会丢下你不管呀！"之类称雄的话。

C君是萧红的同母弟张秀珂的朋友，他们是一九三七年在上海法租界美华里相识，又是同乡，又是伴搭伴的年纪，都小于萧红五六岁。因而热情有余，阅世不深，他在这时候哪里会知道轻许诺言是要付出意想不到的代价的，就是在四十年后的今天由此还产生了不少真伪相混的若干报刊"史料"与鄙俗的传闻。

不久，国民党的左派元老之一的柳亚子敲门来访了！在《萧红小传》中作者已有记载，就不须再做复笔引述了。在这里需要补充的是柳亚子先生和病者谈话将结束，T君也归来了，但萧红仍然嘱C不要走。在T君陪送访者走出以后，萧红曾做过这样的解释，她并不是怕死，而是怕朋友们各自逃生，呼人无应声，喝水无人取，自己站又站不稳，坐又坐不住，这样的死，岂不可怕，也实在不值得！

C君认为不需要向自己解释，不需要为此而耗费精神，但病者是滔滔不绝的，简直不容对方开口，正如刚才的来客不容她再开口，尽自要陈述自己的战争观以壮听者的肝胆一样。

最后C君只得又说："你一定不要这样想，T也不会那么自私，会在战争中丢下你，尽自一人跑掉！而且还有我们呢？如果他真的撇下你，独自一人跑掉了，那我们也不让呀！"这里所说的我们，自然是泛指在港的以茅盾、夏衍两先生为首的文艺界的朋友们。

晚上T君才回来，首先要大家很好地休息，得等候夜深人静才能偷渡海峡。这时不但港九之间的公共渡船停驶了，就是街上所有的公共汽车、电车也停驶了。港九都已实行灯火管制，窗外的街道都已沉浸在暮色苍茫之中，拉上遮光的窗帏，才能点燃蜡烛。虽然在地板上铺了毯子，C君几乎是坐守到夜半。

据说，偷渡海峡的渔船，是东北救亡协会香港分会的负责人于毅夫先生为这三位东北作家准备的，因为海峡在夜间戒严，海峡之间交通是封锁的。C 君所以必须留下来，是由于病人不能自动下楼、上车，还有到了尖沙咀对面的码头换坐穿越封锁线的小划子，都需要人双臂托着上下。既然 C 君有言在先，不管自己的私务还急切地要等待赶回去料理，也不管心里是怎样焦灼不安，只得耐心地等候着履行自己宽慰病人时所做的诺言。因为床下有席地而坐的两个人在侧，萧红自然是安心地在夜深之后睡着了。

下半夜约两三点钟之后，也就是十二月九日黎明之前，三人按夜晚的协议，即病人由 C 君护理，T 君体弱，就提着随身的包裹与暖水瓶之类，终于由两辆三轮车载到汽轮码头之侧那个约定的地点，遂登上了早已在那守候的小划子。夜是静悄悄的，两岸暗无灯火，完全是死寂的荒山野岭一般。而且三个乘客与划船人之间，不交一语，仿佛船上任甚么生物也没有，木桨的划水声也很轻，仿佛这小渔船是缓慢地随着海浪漂动着，随着风漂动着，是只空船一样。因为是穿越封锁线，自然三人在沉寂中都感到一种战争的紧张气息。

终于在黑暗的尖沙咀码头附近，安然地、悄悄登岸了。

究竟是由"时代书店"的职员伊君的热情协助，雇了两人抬的躺椅作担架，送萧红到半山间的前东北大学校长周鲸文的别墅式寓所，还是就由伊君找到的书店职工抬的自备躺椅式担架，当事人 C 君已经记忆不切了。原因是 C 君已经认为只身追随在担架之后去护送已经没有必要，以为可以脱身了，反正"时代书店"有人做护送就可以信赖了。因而未对这些事务做甚么考虑，相反却考虑着九龙方面自己寓所的情况，为自己做家务的广东女佣"阿妹"是不是还在厨房里忙碌着，等待他归去……但萧红不同意 C 君在她还未确定她的安身之处时就离开，只有到达周宅，做了稳妥的安顿之后，才能让他回九龙。一离开市区，在郊外的山坡柏油马路上，从海滩一角传来的枪声就十分响亮，而且有些震耳了！显然为山峦所遮挡住的海滩附近，有日敌的陆战队在进攻，机枪声仿佛是从峰岭之巅上往下射击的，因而是近在咫尺一般。路经茅盾先生寓居的山坡，C 君立刻想到他们夫妇的安全。作为对自己多方资助过的前辈，就是有意外的风险，C 君认为也是应该做次探望的。萧红在躺椅式的担架上，慨然同意，并托他向茅公夫妇致意，问候。

等 C 君从茅公夫妇寓所吃过午饭赶到前东北大学校长周鲸文的山间寓所的时候，岂知萧红仍然躺在客厅的长沙发上，急急告诉来者："这里不能住，都要到市区去，你还不能走——不管有谁在我旁边，你不能走。你得把我安置妥当，再离开，好么？那你是答应了？那么你说说，茅公夫妇好么？他们也都捆好东西准备往市区搬啊！知道他们住的地方么？"

"他们还不知道，得搬过去以后才知道。"

"谁帮助他们搬家呢？"

"东西很简单，都捆扎好了！以群约定午后坐车去接他们，因为知道你在病中需要帮手，就要我回来帮你先安顿下来，以后到市区再联系！"

他们哪里想到一迁再迁，哪里还会找到联系的地点，从此 C 君就和茅公失去了联络，无从闻问了！

在周宅豪华的客厅里，一切平日人们过往之间的文雅而悠悠自如的神色与仪态都不见了，来往的人们都是急匆匆的，现着紧张而严肃的眼光，没有事务相关，就是偶然在这里相遇，都连招呼也不打了，仿佛已经丧失了一般来往和相互寒暄的心情，一切都由于战争的爆发而简便化了。漂亮的女主人甚至于连眉毛也未画、口红也未涂就惹人注目地出现在客人们面前。谈话都是匆匆忙忙，而且简单低促，仿佛远在九龙海滩的日本登陆艇或从日本军舰上发出的炮火能顺着人们在客厅的谈话声跟踪追击似的，仿佛这座半山腰的别墅，已经在敌人的登陆部队的望远镜监视之下，军舰上有甚么无线电的探测谈话的装置似的。自然主人夫妇都对病中的萧红表示了应有的关切。很久以后

C君才知道，就在九日的当天，所有"时代书店"的职员已经都领到三百元港币的遣散费，以便在战争期中各自安排各自的生活出路。所有这些都是C君来到之前都已办理结束了，仿佛C君与萧红谈话时，餐间里的客人与主人已经商量定了关于萧红的安排。

这个决定是萧红可以住到市区一角的铜锣湾的某公寓里去，这公寓有一位东北寓公何某租的一个房间，他是张学良西安时代某驻军的参谋长，有着少将的军衔，现在把自己的房间，据说是慨然地转让给这位病中的东北著名女作家了。因之，C君必得待萧红在铜锣湾某公寓安顿下来之后才能回九龙，但届时是不是还能赶上末班的轮渡，又是一个问题，如果是在夜间，自然又需雇私家渔划子偷渡宣布戒严的封锁线了。C君焦灼不安的心理，读者是可以想象到的，因之，究竟是怎样到达的铜锣湾，他现在已经全然不记得了，可见这个轻于言诺而仗义执言的青年作家的注意力，当时与周围是怎样完全脱节了！显然在去铜锣湾的路上，他所想的，尽是关于港九间的公共轮渡，以及入夜之后再次偷越海峡的风险，自然想到的还有他的那个年轻的广东女用人"阿妹"在森马实道寓所守候主人归来的情景……因之，他是恍恍惚惚地来到了香港市区一角的铜锣湾某公寓，甬道是木板构成的，打着蜡，闪闪发光。萧红住的房间早已腾空，似乎并未打扫，但却是洁净无尘，唯一未经清除的标志，是墙角有五六件之多待洗的男衬衫仍然堆积在那里，而且都是只上身穿过一两天那样洁白，说明那个迁走的少将衔东北军官的生活是多么阔绰。等待公寓的女侍役来室内灌满开水瓶而年老的女杂役把那五六件待洗的男衬衫一起抱走，并向卧在床上的女客人致谢，轻轻关上门以后，C君仍然不能离开。

"你坐到这里来！"萧红宽慰般地说，"抽支烟哪！先歇歇，等T回来了，你再走，好么？"

"好！我是要等他回来！"

T君是购买应该储存的食物去了！大米、挂面、面包、黄油、腊肠、奶粉，总之，如果战争继续一周之后，谁也难料在市区会发生甚么变化，而且市内的汇丰银行已经关门了，据说银行门前挤兑之风已经转为市场方面的食用物资的抢购了！

"总算安顿下来了！"萧红神色舒畅地说，"这两天一夜，你也够累了！坐下来，喝口水！"

"坐不住呀！"

天还未黑，T君终于背着一个装满吃食的旅行袋回来了！但C君仍然不能走，事情又发生了意外的变化，萧红不同意独自在这个并无可靠保证的公寓里留下来。C君是站在萧红这一方的，如果发生巷战或轰炸的危险，公寓里的所有寓客、侍役、经理、杂役之类人员必然要逃避一空，那时会有谁来照顾这个没有亲友在侧的病人！T君被迫答应同迁市区中心的思豪大酒店。于是三人乘坐一辆黑色的"的士"在黄昏之前到达了思豪大酒店。这里的房间原是张学良将军之弟张学铭先生预订的，据说，是在知道萧红拒绝独自留在铜锣湾某公寓之后又转让给病者的。在这里表现了这位早已退休的东北将领对于自己家乡的流亡作家的尊重。

在铜锣湾三人协商当中，虽然并没有发生以后那样尖锐的争执和对立，但由于C君支持萧红，在三人的友情关系上发生了明显的有所偏重的变化。可以说C君从此才开始对T君真正有所认识。

在思豪大酒店五楼订的房间是很大的，大到可以容纳一二十人在房间里开会，因而C君和萧红两个人最初感到大得不适用，大得空荡荡。待到萧红被安置在有床帏架却无床帏的床上之后，被安置的人却并不安适。房间里虽然有防空的黑布红里窗帘，虽然有电灯，有电话，但桌子上没有台布，沙发上没有罩布，木椅子上没有坐垫，台灯上撤去了灯罩。任甚么东西都是赤裸裸地现出它们那早已陈旧不堪的外表，尤其是床周围的铜栏杆柱，因为失去了床帏的衬饰而更显得斑锈点点，简直是古董店的陈列品一般。是由于战争的关系么？既不见大酒店的经理人员，也不见白制服的侍役出现，仿佛酒店处于无人值班管理的状态，这就是战争呀！不但能听到，还能处处感觉到。

自然，T君归来之后，会做适当解释以慰病者的惶惑不安的情绪。但T君究竟在楼底下办理甚么手续呢？久久不见上来。C君是要等待他上来之后，起身告别的。到了这里，自然是没有交通将来被切断的顾虑（如居铜锣湾公寓那样有与市中心的朋友们失去联系之危），在C君来说，是为病者舒出一口气，也感到自己两天一夜的奔波总算有了着落。如果顺利，晚上在海边找到私渡海峡的小划子，当夜他就可以乘九龙码头上暗地活动的私人出租汽车回到森马实道与在悬念中守候寓所的"阿妹"见面了。就会把稿子带回来，把衣物带回来。但T君久久未来，在苍茫的暮色中，在五楼的走廊口C君迎见的却是《大公报》记者杨刚女士，她是特意来寻访萧红的。C君说："她在房间里，请进！"就打开门带领访者走到萧红的身侧。她们是早就相识的老友，不需第三者做介绍，C君就留下她们两人谈话，自己重又回到走廊口外，守候T君的归来。

显然他是越来越焦急。听着辽远的海滩上传来的炮火声，望着从油麻地（？）油库上空升腾起来的两股浓烟横越海峡上空，缓缓飘展着，他哪里知道护理病者的责任会占据了他整整两天一夜的时间，更想不到与萧红先后两次同居达四年之久的T某已经是不告而别了！

等到杨刚走后，C到萧红床侧，问及是不是自己还必须要在这里等T上来，才能离去，萧红要对方坐下来，显然与来访者谈话有过激动，现在她有些疲倦，而且脸色越加苍白、阴暗，与迁进铜锣湾那个公寓的欣慰神色全然不同。她说："T某是不会再来了！"又说："我们从此分手，各走各的了！"

"这是为甚么？"

"他要'突围'……"

C君当时确乎吃惊得有些木然了！这岂不是要在战争中脱身自

逃，把护理病者的责任变相地强加在作为并非深交的朋友肩上么？C君当然是没有这种精神准备的，实在来思豪大酒店之前，T君背负着口袋安置在萧红住室的一角，悄悄唤出C君做密谈的时候，就已经透露出来这种置病者于公寓而不顾的意图了！但这样快的脱身对C君来说，却是完全出于意料之外的。

在友情方面来说，C君除了对病者在艺术创造上的富有才华的贡献怀着尊崇之情外，也由于自己的长篇小说的标题画，是出于病者之手，且为标题画中显出那样的非凡的笔力——从几棵接近成熟的高粱，就可以看出只有东北肥沃的土地上才能生长出这样的叶阔秆壮的庄稼，只三五棵就使你感到是高粱如林——而钦佩，因而C君在危难之始，为了保证她的安然抵达香港，尽自暂时置自己的文稿于不顾，而首先协助他的这一同时代的同乡女战友在香港安顿下来，这种"牺牲"是有限度的，一天当中连移三处，这也是迫不得已的。但现在，他必须要抢时间，在日本侵略军的海军陆战队还未占领九龙市区之前，赶回森马实道自己的寓所里去。而且战争已经进行了两天一夜，他认为再也不能延迟时间了。不列颠帝国有限的几千人组成的部队，是绝对不能长期守住这个海峡两侧的租借地的！

因之C君坚持自己必须偷渡，必须回九龙去取稿子。回头当再来思豪大酒店探望她。在双方争执中，病人突然转过脸去，显然是在避开甚么——不愿为对方见到自己的眼泪。

"难道一个处于病中的朋友，她的生命就不及你的那些衣物珍贵？"

"当然不是这样的！"C君低声辩解，"朋友的生命我是珍贵的，正像看待我自己生命一样的珍贵，但，我在桂林桐油灯底下写的那些稿子，我是比自己的生命还珍贵的！"

"那你尽管去好了！"

"当然我会连夜赶回来，我绝不会把您摆在这里，就此不管了！"

"那就很难说了！"

"怎么很难说呢？"C君断然地说，"绝对不会！"

"你听着！在这里坐下来——我现在是以一个对于中国现代文学有过贡献（且不管它是大是小吧）这样一个作家的身份，向你——就不要说是我弟弟秀珂的朋友吧，是另一个东北的流亡作家——谈话。我们都是在艺术上追求真、善、美的，都讲究精神世界的崇高，灵魂如何如何，难道这仅是在文字上的东西么？难道在现实生活中，就是两码子事，战争一来……"

"不能这样说，当然在现实生活中，我们也应该像在艺术上的追求，但不能说，我回九龙去一趟，就是把您掷在这里，从此不管了……"

"你听我说，好么？你想，你真的能说回来就回来么？这是战争呀！你听炮声这么激烈，你知道，九龙现在是怎么样了？尤其是你住得又离码头那么远，坐巴士要走二三十分钟，是太子道路底呀！那里是不是已经在巷战了？你怎么能冒这个险呢？"

总之，萧红从为自己的未来命运担心，转移到为C君的只身去九龙的命运而担心了！正如许广平先生在《追忆萧红》一文中所说，而笔者也曾引用过的：

"萧红先生是自身置之度外地为朋友奔走，超乎利害的正义感弥漫着她的心头。在这里我们看见她却并不软弱，而益见其坚毅不拔。"

实际这也是东北革命知识分子的特点。

他们的谈话归结到底，还是病人身旁无人，C君是不能就此离开的，哪怕仅仅是一夜之间，当然他必须找人代替自己，哪怕是留在思豪大酒店值一个下半夜的班也可以，但这个大酒店里此时见不到五楼有值夜班的白制服侍者，他又想，就是有侍者值夜班，也是不能信赖的，因为这是战争时期，说不定哪时哪刻，市区就要受到大轰炸，说不定哪时哪刻全酒店的寓客包括白制服侍者和楼下的管事人都会一逃而空。但，如果九日当夜再不回返九龙，说不定次日一早，九龙整个市区就会发生巷战，港九防线迟早必然崩溃，谁都明白，这仅是时间问题。

"那么战争过去以后,你一个人打算怎么办呢?"C问,"回内地,还是去延安呢?"

"到上海!只要把我安排到许先生旁边就可以不用你操心了!这只是一两个礼拜之内的事情!"

是的,反正战争不会坚持多久了!因为英国驻军根本没有后援和弹药的补充。C君终于慨然担负起在整个战争中与病人同生死共命运的护理责任,这是以鲁迅为主帅的左翼革命营垒中,战友之间的崇高义务,是任何一个流亡南方的真正左翼东北作家处于这样一种状态下都不会推卸的义务。是的,只是T某除外,这是在革命阵营里很少有的一个特殊的人物!自然,这个与病者患难相共的诺言,在萧红来说,是无限欣慰的,两只敏感的大眼睛立刻现出胜利者的喜悦光辉,并以大姐的姿态要他坐到床侧,说,她早已知道,他是不会把她丢开不管的。两人的友情由此顿然转入亲切无间的阶段,仿佛是姊弟那么坦率,战友般那么亲切,少年、少女一般天真、纯洁。

于是C君开始说,为甚么你和萧军离开呢?为甚么又和这样一个人生活在一起呢?你和萧军是一同从哈尔滨流亡关内的患难夫妻呀!

萧红说:"这是两回事,和萧军的分手是另一回事,各不相干的,我们是早已经不能一起相处了!"

是在九日当晚,就谈到"八一三"上海抗战之前夕,她就曾经私自从家庭里出走,背着萧军和周围的朋友,在吕班路附近犹太人开的一所私立画院里报了名,而且做了画院的寄宿生,还是以后谈的,C君在历经四十年的坎坷奇突的人生路程之后,是记不那么确切了,但从九日晚上开始,直到十天左右再迁皇后大道背后一条临街上的二楼民房,直到香港沦陷,三迁时代书店职工宿舍,是一个月有零的谈吐自如的对话,这完全是置战争与尘事于思考及注意之外的童话般的生活,处于万里沙漠中的一所绿洲一般,不但谈及她的少女时期的初恋,谈及她第一次随自己的情人去北平，坐上火车充满憧憬与幸福感的心情，也谈及在北平一个胡同的小院里突然发现站在那个李姓青年面前的却是他的"真正的妻子"，而立即提起皮箱昂然地只身一人离开的愤然情绪，谈及当时思想，她说："真是笑话，我又不是到北平和你争男人来的！"更谈到在哈尔滨市立第一医院生过孩子，不能交费出院而受到院方的债主式冷遇，甚至患了重感冒而主诊医生也不闻问，因为她欠着他们的住院费，分文未付！这样就激起了萧军的愤慨，去亲自找那主治医生，声称："如果我的病人出了问题，我不但要宰了你，也要杀掉你全家！"以至那个胆怯的主诊医生不得不收起了傲然之态，乖乖地丢下手里的棋子，去给她打针，而且为了能在病人的丈夫面前就显出效果，竟例外地用了珍贵的国外进口的针剂。萧红回述这种关于过去的往事，不仅仅是意欲说明作为丈夫的萧军，当时是怎样爱护自己，也反映了她对萧军的默默的遥远的怀念！但她却避开了或疏忽了与萧军在一九三二年秋，第一次于道外那个二层楼的旅馆相遇时已经是个待产孕妇这一情节，以至很长一段时间 C 君误以为在哈尔滨第一医院所生的孩子是萧军之女，根本不知在萧军之前还有一个汪某，即萧红那个在呼兰有名的地主家庭为之包办婚姻所定的未婚夫。结果在《萧红小传》关于这次生产的年代就出现了一年的差误，误为与萧军婚后的一九三三年冬天的事了。

自然也谈及萧军作为丈夫的自傲，仿佛妻子只能依属于丈夫，而丈夫总该是妻子的庇护人，因之，萧红时时要摆脱这种处于家庭从属者的地位，尤其是在两人之间出现了第三者的阴影之后。

但，仅仅开始了两三天的私立画院寄宿生的独立而自主的生活，就由于一九三七年七月的抗日战争开始而结束了。大敌当前，任甚么家庭之间的爱情，诗呀，艺术呀，都在民族危亡之秋失去了它们以往的光泽和价值。

因而当两萧在哈尔滨时期的患难相偕相助的友人 S 终于找到这家

私立画院，而画院主人听说这个寄宿女生原有丈夫，而且是未得丈夫同意、私自从家庭出走的，自然就拒绝或不敢再留她在画院里寄宿了！而她也不再坚持离开那个处于从属地位的家庭独自出走了！她是带着一种为人所"俘"的情绪暂时回来了。

在西安与自己的丈夫萧军分手时，萧红在自述中，对 C 君谈得也比较细致，说，萧军在西北战地服务团驻在地的院子里，和出迎丁玲、聂绀弩的萧红见面之后，很快就同意两人从此分手了！并且她再也不给他单独谈话的机会，因为她该要向他说的已经说过了，并且两人在单独对话时她是警告过对方："你若是还尊重我，那么对 T 也该尊重。我只有这一句话，别的不要谈了！"

萧军事后，还是有许多话要向她谈的，但后者有意避开两人再次单独谈话的机会。坚持："谈甚么都可以，就是不能我们单独两个人！"最后，当萧军讨取以前托她代为保存的一些友人信件的时候，前者终于获得了这个机会。

当她走进储存室之后，萧军却抢先一步坐到积存信件的那口属于萧红所有的木箱子盖上。阻止她先打箱盖取信，显然想在分手后再单独说几句话。

"我不听！若是你要谈话，我就走！"萧红说得坚定而且果真不听一句就匆匆走出来了！并且也注意到那些三三两两站在院子里用遥远注视的目光，注视两人一先一后神色冷峻地走出来，而现出的失望神情的人们——多么美好天真的愿望呀！两萧永远分离的命运是从此已经这么不可挽回地定下来了！

而最后一次，当天色已晚，暮霭苍茫，两萧与 T 三人散步路过莲湖公园时，萧红提议进公园去走走。萧军认为天已这般晚了，还进去玩甚么？公园确定是寂无人迹了！但萧红全然不听，坚持要去。

"要去你一个人去！"

"T！你跟我来！"

"你不能去！"

萧红以为："他当是我一个人在这夜色茫茫而又旷寂无人的树木深处会害怕么？"尽自一人走进去了，却不想走未多远就听见背后传来属于萧军所有的健壮有力的脚步声，她就立即离开林荫道，在一棵大树背后隐藏起来。终于再次躲开了单独谈话的机会！

当萧红在自述这段往事时，现着孩子般的天真，她仿佛从未想到在这种捉迷藏式的追逐中，反映着追踪者对于曾经与自己度过六年之久颠沛流离的患难生活的伴侣，所怀有的一种深情与特有的一种钟爱，而给 C 君印象最深的，却是她在回忆中时时流露的一种分手之后独立自主的愉快的昂扬情绪，仿佛从此摆脱了从属于对方的地位，就是个人的自由与解放，就是不屈的意志获得胜利了。

因之在叙述萧军"要去你一个人去"，又对另一个人说"你不能去"时，使听者感到这种仍然以庇护人的权威自居的声势，只能加强对方在力求摆脱那种家庭从属地位的妻子的离心力，加强那种力求独立自主的坚决性和抵拒。她哪里还会想到在追逐单独谈话机会的人，满腔所怀的是对于自己已经分手的妻子的未来命运的关切之情？

且不说，九日当晚两人肝胆相照的谈话。而当十日之晨，早餐以后，萧红就开始给老诗人柳亚子先生打电话，这是病者与外界的唯一一次联系，今天看来，仿佛是与《大公报》记者杨刚约好，次日须通过柳亚子先生，以告慰关心她的左翼文艺界的友人似的。

柳亚子接到电话，知道她在思豪大酒店安顿下来，还有友人在旁照顾，自然是欣慰的。尤其使他高兴的，是他在电话中听出她的精神很好，这声音，使他不但欣慰，而且向她祝贺。她在通话后也愉快地向 C 说："这位长者，真叫人感动！在这样紧张的战争危急的关头，还在电话上注意到我的声音，从我的声音里听出我的心情而且感到欣慰，祝贺我会早日康复！这种友情真是珍贵！"不须说，这次通话对于病者鼓舞之大，慰藉之深了！

从此，萧红的眼光不但再也见不到那种对于周围过敏性的观测神色（仿佛总在惶惑不安），且在怡然倾心而谈自己所走过的坎坷世路之外，也谈及自己在构思中业已成熟，但却还未及下笔的短篇小说——《万花筒的故事》（即《红玻璃的故事》）。自然，直到这时，C君才对于这位才华出众的《牛车上》与《手》的作者，有了深入肺腑的理解，不再因遗留于九龙的长篇小说手稿为念，而心神不安了。

三四天之后，T君突然来访，病者默然不语，做或似曾相识的模样，C君问及"还没有突围呀！"答以"小包都打好了，随时准备渡海！"而且很快就离开了。二次又来，C君就由于他的谈话侮及两个人而直斥其"鄙俗"与"无耻"，以后思豪大酒店内再也不见其露面了！萧红也不与其交一语，其人躲于哪一家大酒店，究竟是与甚么人住在一起，那时是避而不谈的，对任何人都在保密似的，自然C君也不过问。

约一周之后，思豪大酒店六楼遭受日军炮击，轰然一响，楼窗颤然发声。C君当即匆促走出探望，走廊上白制服侍役在低声招呼人："快！快！都到地下室！"几乎是各个房间都有人匆促出入，这是晚间七八点钟，C君很快得知，需要赶紧躲避，于是匆匆托起病者走出房间，经电梯到达了大酒店的地下室，人是拥挤的，因为地窖式的台阶不宽，仿佛过去那儿原是储存酒类的地下库房，由于战争才腾空不久似的，电灯光也阴暗，简直没有可安置病者的空隙。不久，病者闪着观察周围的眼光，显然已经发现护理人两臂吃力而在帮助后者共同寻找哪怕是在水门汀地上坐一坐的空间似的，因为人挤人，肩擦肩，于是她坚持要自己在地上站一站。

"试一试！我能站在地上！不怕！"病者反而对护理人宽慰了。

当C君终于不得不在那些衣着失去项链之类盛饰的仕女国人及外籍的绅士之间，扶持着病者站稳之后，她又说："你看！我这不是很好么？"这仿佛是她病倒之后的第一次挺身站立起来，主要的是为了解脱C君两臂的担托之力，足证萧红虽在久病，腿力极为衰弱的情况下，仍然是对人体贴入微的，而且一再宽慰对方："你看，我这不是还能迈步嘛！不要紧呀！"在周围的寓客注视中，她坚持要试试走几步，而且走出两步，就怡然自得地说："你看，这不是很好么？"实际上，她的两腿有些发颤的。直到"警报"解除，她仍然孩子般固执着，自己缓慢地走上地下室出入口的台阶，几乎是走尽了三分之一的台阶，这才作罢。

在这次炮击六楼的次日午后，自然所有思豪大酒店的寓客都疏散到南山之腰的一所空无一人一物的别墅里去了！C君与萧红两人出现时，早到的人已经各自占领了夜间栖身安睡的地方，或是在花砖地面铺上羊毛毯，或是安置了简易的行军床，著名的京剧表演艺术家梅兰芳，穿着中式长袍，留着黑胡也在这里露面了，可见在这里躲避炮轰的不只思豪一家酒店的寓客。在这座有瞭望台的别墅式建筑物里，一时仿佛置身于三等统舱里一样席地栖息的旅客，以各种方言交谈，有广东话，也有英语，不过穿戴却又都似一二等邮船客舱里的远洋航客，只是手指上的钻石戒指、耳朵下垂的镶有闪光宝石的耳坠之类却都已收藏在各自的腰包、手提箱里，有的少妇，口红却照样涂得很鲜艳。一到黄昏，人们都各自躺倒下来，悄悄地谈话了，划火抽烟斗的声音和亮光就特别显著，仿佛谁都在担心地等待着从九龙发来的炮声。果然在暮色降临之后，炮击又照例频繁地开始了，而且在距离这所别墅千米之遥的市区在三五声炮响当中，最先有木筑楼房燃烧起来，火势越来越旺……相反，炮击却突然停止了，仿佛那三五发炮弹专攻这座木料建筑楼房，专门要它起火以便夜间照明似的。有人悄悄起身瞭望，小声相互问讯："是哪儿呀？"也有低低的咪声，在警告大声说话或划火吸烟的人，而且整个三等统舱式的酒店寓客当中，立即在低低咪声中哑然无声。萧红在寂静中安然席地而睡了！但在夜半却为猛然突起的排炮声惊醒，果然日本陆战队的炮兵以千米之外的那座仍在焚燃着的木料建筑物为照明的标星，排炮是由远而近，一尺间距一尺间距似的推进，全别墅里避难的远洋旅客般的仕女与富豪、商贾，都静悄悄地屏息以待死亡之神降临似的，或坐或卧。

"怕么？"

"不怕！有你在旁边，怕甚么？"

"真的！"

萧红与C君在低声交谈，C君从病者的谈吐中，感到无限的宽慰，仿佛自己真的高大而且坚硬得如她的护身钢板一般，感到只要有她这样一语之酬，虽陪着她一起在炮击下牺牲了也是心甘情愿的。终于一声炮击，炮弹在这座别墅的半圆形瞭望台附近爆炸了，响声巨大，在他们一旁搭起行军床独自蒙头而卧的人，就在炮弹爆响那瞬间不由自主地突然一滚而落在萧红与C君之间，仿佛找到护身墙壁一般，并声称："我们死在一起好了！"他们尽管都相识，但在炮击之前，却相逢如路人，而且这人也不是思豪大酒店的寓客，自然很快他就恢复了理智，讪讪地起身溜回自己的行军床上去了。出乎人们意外的是，在这击中圆形阳台环墙附近的炮弹爆响之后，炮口又移动了，排炮是从左往右，又是一公尺距离一公尺距离似的发射了，有时带着尖锐的与空气摩擦的哨声，几乎使人感到这种炮击是棋盘线似的纵横着。险峰是过去了！所有躲避在这里的各大酒店的寓客，无人伤亡。但次日各自搬走，再也无人敢于留在这里栖息了！

于是萧红再次迁往皇后大道背后的一所两层楼的民宅里，这是在"时代书店"一广东青年朋友协助下找到的隐避点。与"时代书店"职工宿舍在同一条街上，仅仅隔着一条马路，中间也不过二三十户商店的间距。约十天左右，三迁"时代书店"职工宿舍，这已是日本帝国主义的登陆部队占领港九市区三天之后了。

一九四二年一月十二日由"时代书店"职工宿舍转入跑马地养和医院的当天午后，在整个太平洋十八天战争时期不知躲避在哪里的T君，却如在思豪大酒店楼下不告而去一样，又不告而来了！声称，愿陪C照料病者，且有自愧和内疚之色，C君当表欢迎，说自己夜间劳累，实在疲惫不堪，很愿回书店宿舍大睡一觉。萧红是敏感的，乌黑闪光的两只大眼睛立刻现出机警的神色，命令式地吩咐："T！你出去！"

在与C君单独谈话中萧红提出她的要求："明天一早你就要回来，不能离开太久了！只一夜。"她说，"我知道，你这些日子确也辛苦了，你回去可以好好睡一夜，休息休息，但只一夜。"因为次日或许会诊，所以还不能回九龙去探望旧居，去取稿件之类的东西。并且重申，和T是分道扬镳了！自己仍然是去上海的。说："你可答应送我到许广平先生那里，再去浙江寻找那'半部红楼'的！不会忘记吧！"

"当然，怎么会忘呢？"

"你答应我，明早一定赶回来？"

"答应。"

"不去九龙？"

"当然啦！没有你的同意，我不会回去！"

于是问他，身上带着多少钱，并以百元港币一纸相赠，告以带在身边以备意外之用。关于这百元港币，笔者在《写于〈萧红选集〉出版之前》已有交代，还有C、T两人在萧红病危的一月二十二日行经××道，在这个香港繁华市区公然遇到"烂仔"持枪拦劫……所有这些都是题外属于C君未来的"回忆录"里的史料了。因而《太平洋战争爆发之后》到此为止，距离萧红逝世之日，也不过十天了！

一九八一年一月二十二日校订

《萧红小传》后记

　　这个时候，一个人居然回忆到过去，回忆到一个死去的人，在自己未尝不是一种凄凉吧！

　　然而自己是企图在精神上做一番打扫工作，就这样匆匆地埋葬了这样的一个战友，企图在这匆匆的埋葬上，卸却一部分沉重的负担。

　　然而也正因为埋葬得匆匆，伤口只是粗略地检点了几处，有些内伤怕是不易完全检点出来的。

　　结果是负担并没有减轻，依然是这么沉重！

　　然而我将不在此逗留。

　　我将离开，

　　我将远行。

　　　　　　　　　　　　　　　一九四六年十一月十九日于杭州——袁花

《萧红小传》修订版编后记

《萧红小传》有某几点的修订是必要的。主要情节，仍然保留了旧版的记载，而为萧红先生在闲谈中所未忆及或讳而未谈的，作者于一九七九年又根据萧军兄笔注的《萧红书简》与谈话所做的口释，写了《萧红简史》，作为《小传》的补充。自然两者还有显著的差异。例如关于伴随哈尔滨法政大学的学生李某乘火车到北平这个李某，还是一个有待考证的"迷"。另外，萧红与作者在最后四十四天的相处中，却只字未提过汪某其人，也未忆及在北平女师大附中读书的那一段公寓生活。关于困居哈尔滨道外东兴顺客栈与萧军第一次见面的经过也未触及，仿佛只是轻描淡写地说过萧军和舒群都去看过她，而未分先后。而在萧军笔注的《萧红书简》里，注者不但生动如绘地回忆了两萧第一次会面的事实经过，而且明确地提到了那个卑鄙的无耻之徒汪某对她在北平进行的"无耻纠缠"以及作为"抵押品"遗弃于东兴顺客栈的欺骗行为。这是事实，且有今天仍然健在的萧红同班好友徐淑娟女士及她们的朋友高原同志可以证实的。

因而作者在《萧红简史》中做了补充，是必要的。春秋之笔，贵在"使乱臣贼子惧"，汪某虽非"乱臣贼子"，却属鄙夫反徒之辈，传墨当尊史笔之直，以重事实而警告之来者。

再就是关于舒群与罗烽、白朗三同志和萧红的友谊关系了。前两人都是中国共产党在哈尔滨东省特区的地下党员。萧红最初的文学创作生涯，除了萧军之外，是和他们三人还有金剑啸所代表的左翼文艺界的支持分不开的。萧红最初的一些作品，多是在罗烽夫人白朗主编的长春《大同日报》文艺副刊上发表的，而两萧的第一部书名《跋涉》的短篇集，主要又是由舒群筹资私费出版的。所有这些研究其他有关萧红的著作已经提供了比较详细的史料。作者在这里只选了《牵牛房》（载于一九八〇年八月三日版的《哈尔滨日报》）作为附录之三，通过它，就似有个可以观望当时哈尔滨左翼文艺界内部活动的"窗口"，知道中共地下党人活动的一个角落——它也是萧红文学艺术生命的源泉之一。

此外，还有日本东京大学研究中国现代文学著名教授小野忍先生的私淑女弟子前野淑子所编的关于两萧作品及资料的《目录表》摘要、日本知名的中国现代文学研究家岛田政雄编的《中国新文学史年表》（这对于了解萧红所以在中国左翼文学界的成长和出现的时代背景很重要），都附录于后。从这里可以看到日本学者研究中国现代文学的态度，是多么严肃、多么认真，而且又多么勤奋！如果这种治学态度能对我们国内有志于学术研究的青年有所启迪，那么又是本书附带的一大收获了。

以上附录的国外资料共两件，未及函商。还有萧军的女儿萧耘女侄对重版《小传》给了热情的协助，作者在这里一并致谢。

一九八〇年八月二十六日

《呼兰河传》后记

萧红是中国三十年代出现的中国左翼著名东北女作家。

萧红本名张迺莹,一九一一年初夏生于黑龙江省的呼兰县县城内,父亲是当地有名的官僚地主。一九四二年一月病逝于太平洋战斗之后——刚刚为日本军国主义侵略部队占领的香港,终年三十一岁。

一九三二年冬末,萧红在萧军、舒群等哈尔滨左翼文艺界朋友们鼓动之下,应当地著名的"左"倾的《国际协报》文艺副刊征文之约,写出了第一篇作品《王阿嫂之死》,一九三三年在哈尔滨出版了以悄吟为笔名与三郎(萧军)合著的短篇小说集《跋涉》,开始了自己的文学创作生活;继之于一九三四年与萧军两人出亡青岛,不久又带着中篇小说《生死场》手稿到了上海,见到了鲁迅先生;《生死场》作为奴隶丛书之一出版以后,又陆续在上海发表了著名的短篇小说《手》《牛车上》《商市街》等;一九四一年在香港完成了《呼兰河传》最后一章,出版了长篇小说《马伯乐》的上卷,完成了下卷(原稿已毁掉),并发表了最后的短篇小说《小城三月》;一九四二年初病倒。萧红在短短的不足十年的文学生涯中,却为我们留下了这么多的属于三十年代至四十年代之间的左翼文艺运动的王冠上的闪闪发光的珍珠,有的短篇小说已为美国著名的左翼女作家史沫特莱当时译为英文。可以说,萧红的短促的十年文学创作生涯,是闪闪发光的十年,自然也是历尽生活颠沛的艰苦而持笔如矛、勤奋战斗的十年;矛头所向自然是旧中国的半殖民地半封建的统治势力和旧的传统风习。她始终遥遥与革命主力驻在地的西北圣地延安的大旗所指相呼应，与中国人民有着共同命运和呼吸的。

萧红在十年的勤奋不息颠沛跋涉于人生的旅途当中，又可以分为前六年与后四年两个时期。前六年是偕同她的亲密的战友——《八月的乡村》的作者萧军并肩战斗的，但作为一个男人的从属式的人物，萧红有着作为由女性的"独特的自尊心和高傲"带来的屈辱感，而当对方的爱情一度离开家庭的轨道的时候，那么她就如战士受了致命的重伤，这精神上的裂口，长久地滴着血，爱情的伤口是很难弥合如初的。虽说在民族危难中，又相偕走上征途，但在西安丁玲所率领的西北战地服务团里，两萧最后一次会晤中，终于明确地分了手；此后萧红又走上了距离死亡仅仅四年的孤苦而寂寞的征途。

她想起了自己早已逝去的童年，想起了为旧的封建势力所迫害致死的"小团圆媳妇"，还有磨倌冯歪嘴子，正如一九五四年笔者在《呼兰河传》再版的"内容提要"里所说的：

> 最后作者给我们留下了这样一个人物，他不像旁观者眼中那样的绝望，因为他看见他的两个孩子，反而镇定下来，他觉得他在这世界上一定要生根，一定要把他的两个孩子抚养成人，于是他照常活在这世界上，喂着小的，带着大的，该担水就担水，该拉磨就拉磨，以至周围都惊奇，觉得意外，而且有些恐惧了，这就是作者在童年记忆里所热爱的一个人物，这就是惨然死去的王大姑娘的爱人——磨倌冯歪嘴子。

萧红在磨倌冯歪嘴子身上寄予了民族期望，因为在他身上闪耀着战斗的韧性，这种战斗的韧性是为鲁迅先生所赞颂过的，而萧红自己也是依持着它而走完自己最后的四年的。

《呼兰河传》文笔优美，情感的顿挫抑扬犹如小提琴名手演奏的小夜曲,茅盾先生在序中已经做了评价,就不需笔者再在这里分析了!

最后再介绍一下它的出版经过:

一九四一年《呼兰河传》是在桂林"上海杂志图书公司"初版发行的,一九四二年以后由桂林松竹社再版,解放后"上海新文艺"是第三版出书了,现在由黑龙江人民出版社重印,实际是第四版了。很多二十岁的青年,有的只知萧红之名而未见过萧红的著作,有的甚至连萧红的名字也不知道。因之,黑龙江人民出版社这次重印此书,不但能使这些青年从中了解三十年代的中国东北一个小县城的风土生活,和萧红的对于旧的封建传统势力的控诉,对磨倌冯歪嘴子一类人物的坚持求生的韧性、战斗性的赞美,而且还能使他们认识和体味作者独特的艺术风格。这对我们未来的文学艺术也必将产生有意义的影响。

一九七八年七月二十日

简评萧红的《手》

一

萧红是一九四二年逝世的，到现已经过了四十二个周年了。

从她一九三三年发表《看风筝》开始，到一九四一年发表最后一个短篇小说《小城三月》为止，写作的历史，仅仅十年左右，就在这短短的十年当中，她却给我们留下了近百万字的文学遗产。可见她这短促的一生，是多么光辉了。她的生命，从二十二岁开始写作，仿佛分秒都闪着耀眼的光辉。逝世那年，她才三十一岁。

萧红所留下来的作品，丰富了中国现代文学史。这些作品所具有的色彩和光泽，永远不会受到时间的磨损而有所黯淡，正相反却要越来越显眼。因为它所反映的是时代，是现实，还有我们中国东北人民在三十年代奴隶般压抑中求生的坚强意志。她那有名的《生死场》与传世杰作《呼兰河传》就是这样。

现在，我们在这里要向大家介绍的是萧红的短篇小说《手》。

二

《手》是一九三六年的作品，这时候《生死场》早已经在鲁迅先生帮助下，由上海奴隶社出版了。《生死场》是一九三〇年的作品，一九三五年，萧红还用关外所用的笔名"悄吟"，写了不少独具风格的散文，以后编集子出版，书名是《商市街》。

萧红的短篇小说《手》，就是在《生死场》和《商市街》奠定了文学基础之后写的。

鲁迅先生在《生死场》的序文中，曾经做过这样的评语：

"这自然还不过是略图，叙事和写景，胜于人物的描写，然而北方人民对于生的坚强，对于死的挣扎，却往往力透纸背。女性作者细致的观察和越轨的笔致，又增加了不少明丽和新鲜。"

而萧红的散文集《商市街》呢？却以抒情、写景取胜，而写景却又往往是为了抒情，人物自然就为抒情和写景的光彩所掩遮了。《手》就完全不同了，可以说，这是作者在攀登文学艺术高峰中，向前跨了一大步，迈上一个可以俯瞰悬崖之下的——无涯的田野、浮云和山月的高峰上面了。所有作者的来路、行踪，所有作者经历过的社会生活，都收入眼底，概括到笔下来，叙事已经退到陪衬的地位，人物的描写占了主要的位置，尽管在语言上还有欠讲究的地方，但这点却又已经为主题思想的光辉所掩盖了。总之，这是一篇在萧红整个文学创作的路程中，有划阶段意义的作品。同年，继《手》之后，又发表了有名的短篇小说《牛车上》，这也足以证明笔者这个论断的不误了。

三

《手》所写的是一九三一年九一八日本帝国主义侵略东北三省之前的事情。

我在《萧红选集》编后记中曾说：

"萧红一九二九年就读于哈尔滨市第一女中，一九三〇年她因反抗封建婚姻，离家出走，从此就开始了流浪与挣扎的艰苦的生活。"

由时间上，可以看出来，这篇小说的素材，就是来自作者那一时期的生活。因为真正的艺术总是现实生活的典型性的反映。自然，我们并不能因此而说，当时在哈尔滨市女一中，确有过如小说中所写的那个王亚明。现实生活中的那个姑娘，可能因为出身于劳动人民，有那么两只粗糙的手，招到那些歧视劳动的女同学及校长的奚落和侮辱，作者为了突出这双劳动的手，而联想到自己所接触过的染缸房的姑娘而加以概括；也或者，在现实生活中那个姑娘原本是一个温厚而勤奋的性格，而作者为了典型化，给她输入坚强而有点固执的血液。总之，艺术的形象是来自生活，但却不等于生活中个别的现实形象。因为从生活的个别的现实形象到艺术的典型性形象，中间有作家概括、提炼，以自己的思想血液孕育人物的创作过程。另外，我们在《手》中，还感受不到日本帝国主义侵占东北三省之后所有的那种民族压迫与民族反抗的斗争气氛。因此，素材是来自一九三〇年作者那一时期的生活的论断，大体是不会错的。

作者在这个短篇小说中，一开始就开门见山地把读者的注意力吸引过来了。她写道：

"在我们的同学中，从来没有见过这样的手，蓝的、黑的，又好像紫的，从指甲一直变色到手腕以上。"

因为王亚明有这样的两只手，就被同学们称作"怪物"，自然就变成了那些脱离劳动、歧视劳动者的家庭出身的同学们奚落和取笑的对象了。

因为王亚明有那么样的两只蓝紫色的手，在课堂里点名的时候，又由于对新环境的生疏，应到时候有些僵硬，不但给同学们讥笑，就是英语教员，也可以因为她一字发音不准，在众目灼灼注视之下，公然鄙薄地奚落她。难道那些出身于蔑视劳动者家庭的学生们，都百分之百的发音准确么？不见得！为甚么作者笔下的英语教员也单单把王亚明作为取笑的对象呢？自然，仍是因为她有着那两只标志着劳动的黑紫色的手，而劳动在那些脱离劳动的旧知识分子看来，总是和卑贱联系着的。

那么王亚明对周围采取甚么态度呢？作者写道：

"不管同学们怎样笑她，她一点也不感到慌乱，仍旧弄着椅子响，庄严地，似乎费掉了几分钟才坐下去。"

而且不管英语教员要她以后不必以英语应到，但点到"王亚明"的时候，她仍然应一声"黑耳"，不管全课堂怎样给笑声震得颤栗起来了。作者写道：

"可是王亚明，她自己却安然地坐下去，青色的手开始翻着书页，并且低声读了起来…华提……贼死……阿儿……"

一个属于劳动人民子女所有的坚强而又有点儿固执的灵魂，跃然于纸上。对于周围的奚落和嘲笑，虽然不能说是蔑视，但却是以完全不在乎的态度泰然处之。作者含蓄地在赞美着这个主人公。

顺势而下，作者写她在课堂上，不但是这种坚强而又有些固执的学习态度，就是在餐桌上，也同样是背着地理课文。夜里同学们都静悄悄地睡了，她就到厕所去读，天要亮了，她又坐到楼梯的窗口上去读，只要有亮光的地方，就有她在那里读书。有时候读着读着竟然就在那里睡着了。当她被唤醒的时候，作者写道：

"呵呵……睡着啦！她每逢说话总是开始钝重地笑笑。"

这种"呵呵"的钝重的笑声，带着一种广阔的草原气息。这是多么开阔，而又多么敦厚的一种笑声啊！这种笑声的描写，仅仅一笔，却加重了这个有点固执的姑娘对于读者的亲切感。

是不是这个有着坚强意志的姑娘，对于周围的歧视，完全无动于衷呢！也不是。读者从她向父亲要一双手套戴的过程中，就可以看出来她内心的感受。她很清楚，所有这些奚落和讥笑的根源，主要是在于她的那一双变了颜色的手。但等到她的父亲，也和她同样有一双变了颜色的手脱下自己的大手套给她的时候，她又不想要了。她说："爹！你戴着它！我戴手套本来是没有用的。"说明作者写她尽管对周围的歧视处之泰然，但在这里却透露了一点反应，但这并没有压倒她，她仍然还是不怎么在乎。

终于后来校长出面说话了。校长说：

"以后，早操你就不用上了。学校的墙根低，春天里散步的外国人又多，他们常常停在墙外看的。等你的手褪了颜色再上早操把！"等到王亚明要求戴上手套上早操，校长又说："不必啦！既然不整齐，戴手套也是不整齐。"似乎是说她衣服又不整齐了。总之，作者在这里批判的是作为半殖民地出身的崇洋重外的代表人物——那个校长，她不但歧视手工艺劳动者家庭出身的学生，而且重外心理又多么细致。就这样，王亚明又被剥夺了上早操的权利。作者在这里又写王亚明的态度：

"正当早操刚收场的时候，忽然听到楼窗口有人在招呼甚么，那声音被空气负载着向天空响去似的：'好暖和的太阳！你们热了吧！你们……'在抽芽的杨树后面，那窗口站着王亚明。"

这个受歧视的姑娘，站在楼窗口上和刚下过早操的同学们打招呼的声音，是多么纯朴、亲切而又天真呀！作者的笔，一面揭露了反映在校长身上的那种属于买办资产阶级的媚外心理，一面又暗暗赞美这个属于劳动人民的女儿，对同学们又是多么亲热，多么天真、朴实。

但不管这个姑娘的求学意志多么坚强，由于过度的用功，早晨又得不到到操场上舒散筋骨的机会，作者写道：

"王亚明却渐渐变成了干缩……至于她的肩头一点也不再显出野蛮和强壮。"

"她讲话虽然仍和从前一样'呵呵'的，但她的手却开始畏缩起来，左手背在背后，右手在衣襟下面突出个小丘。"

可见那个校长剥夺了她出操的权利，精神上给了她多么严重的打击。但她还没有伤心地哭泣，直到学校来了参观的，校长要她躲到楼下去，而她呢？却戴上了从父亲手里要来的两只大手套，上楼时，在过道里给参观的人撞见了，因而受到了校长的侮辱，她终于背向教室，背向同学，对着窗外的大风哭了。

作者在这里对反映在校长身上的那种歧视劳动人民子女而又属于

媚外的买办资产阶级的卑劣心理，给以无情的揭露。写她嘲骂王亚明：

"还哭！还哭甚么？来了参观的人，还不躲开，你自己看看，谁像你这样特别！两只蓝手还不说，你看看这件上衣，快变成灰的了……"写这个校长一面嘴唇与嘴唇切合着，一面用她那惨白的手指去撕着王亚明的袖口。

"……在过道里，你想想，他们就看不见你吗？你倒戴起了这样的一副大手套……"

说到手套，作者还写那个校长怎样用穿着亮晶晶漆皮鞋的脚，踢那个落在地板上的大手套。最后，看到那只马车夫戴的那样肥大的手套，"还抑制不住地笑出声来了"，这是多么卑鄙而又恶劣的形象呀！

从这以后，王亚明所受到的歧视和排挤，急转直下，越来越厉害了。暑假之后，她又到学校的时候，在宿舍里甚至连一席睡处都得不到了。作者在这里又写了一个装腔作势的女舍监，作为旧知识分子的另一种形象来加以批判。这是一个跟着留学的丈夫，到过日本，也算是在日本留过学的女人。写她在宿舍里跑来跑去，到处煽惑说王亚明身上有"虫类"，说王亚明的被子隔着二尺远都有味，棉花黑得不成样子了！作者虽然用笔不多，在这里，一个借以鄙薄劳动人民子女的穷困、肮脏，以显示自己讲究卫生，有教养，地位又优越的那种恶劣的泼妇般的庸俗神色，明确如画。作者在王亚明终于被排挤出宿舍之后，又写道，那些同学，"后来，就开着玩笑，至于说出害怕王亚明的黑手而不敢接近她的话来。而棉花贴着身子睡和有虱子的话，终究还是一种冠冕堂皇的借口，真正怕接近的，却还是那两只手，那些同学，终究还不失为天真地，说出了她们心里的话"。从这里我们看出作者对那些沾染了阶级偏见的同学们的宽恕，因此，也就加重了那个装腔作势的女舍监的虚伪和卑劣的色泽。

就这样，王亚明终于睡到过道里的长椅子上去了。她在家里度过一个暑假，两只手又黑了，同时，心境却又开朗了。作者写她睡到过道里的长椅之后，说："惯了，椅子也一样睡！就是地板也一样，睡觉的地方，就是睡觉，管甚么好歹，念书要紧。"看！作者给予她的色泽是多么顽强！多么开朗！学习的态度又是多么的固执。

另外作者在《手》中所赞美的一个人物，是和王亚明有着同样一双黑手的父亲。这是个偏僻村镇的手艺人，带着浓厚的属于农民所有的朴实而耿直气息。头一次来，又告诉她，家里养的小猪，因为一天喂两把豆子，胖得耳朵都挣挣起来了！怕校役倒茶讨小费，就站在接待室门口和他女儿谈话，他哪里知道，围在那里的人，听到他的谈话，会在背后作为笑料来窃窃议论呢！就在这里显示了这个人物敦厚的色彩，属于偏僻的村镇的染缸房手艺主儿的朴实色彩。最后是，寒假前来接王亚明，还给她带来一双马车夫穿的那种长筒毡靴，说："书没念好，别再冻掉了两只脚。"而且也没叫马车，自己背着女儿的行李，两个人步行到车站去。

作者在结尾写道：

"出了栅门，他们就向着远方，向着迷漫着朝阳的方向走去。

"雪地好像碎玻璃似的，越远，那闪光就越刚强。我一直看到那远处的雪地刺疼了我的眼睛。"

全篇结束，给人留下了父女两个走向阳光迷漫的远处的印象。这个印象是深刻的，暗示着王亚明在离开这个歧视劳动人民子女的学校后的生活中，会有个光辉前程，而这种光辉的在阳光照耀下的前程，是属于劳动人民所有的。

在当时对日本帝国主义讲妥协，讲"睦邻"的国民党统治下，作者只能这样寓言式地写。对于买办资产阶级媚外心理的痛恨，在当时，作者也只能通过那个校长来批判。自然，这又是今天我们的年轻的读者不易理解的一种属于隐痛的心情了。

然而，这却正是作者的思想之矛所冲刺的方向，针对的也正是当时属于统治者所有的那种打着买办资产阶级烙印的奴才心理。在《手》

这篇小说里，作者所卫护的、赞美的正是以王亚明为代表的我国北方的劳动人民的子女。因此，这也正是这篇作品的主题思想闪闪发光的地方。

再说，读者对于那笑声霍霍的王亚明，由开始的同情，进而越来越靠拢，直到最后并肩而共呼吸，几乎要给以热情的拥抱了。对于她周围的环境，由开始的反感进而越来越疏远，直到最后相对而加以敌视了，这也是作者在艺术结构上闪闪发光的地方。

总起来说，萧红的作品所具有的色彩和光泽，永远不会受到时间的磨损而有所黯淡。这是因为她的作品，反映了三十年代现实以及我国东北劳动人民在当时压抑中永生的坚强意志。我们今天给大家介绍的《手》就是这样一篇作品。

一九六三年十月八日电台广播稿

萧红逝世四十二周年前夕订正

《萧红评传》序

一

萧红先生是三十年代著名的左翼女作家。

国内研究萧红的文字，在近三五年日益繁多，资料日益丰富。只我知道的，在北京有市文学研究所的韩文敏女士，在大连有辽宁师范学院的陆文采和刑富君同志，在四川有省人民出版社的刘慧心同志，在上海有丁言昭同志。在日本，有市川宏译的《萧红小传》（见日本一九七一年河出书房新社印行的《中国现代文学》第十二集），研究者还有日本东京都御茶水女子文学院的研究生平石淑子女士，以及《手》与《牛车上》等日文译者。在美国，已有《呼兰河传》与《生死场》的英译本，译者葛浩文博士，还有专著，并曾两度访华，专程到哈尔滨与萧红先生的家乡呼兰县访问过，且与平石（前野）淑子一起应邀参加了在哈尔滨召开的萧红七十诞辰的纪念会，对于萧红的读者来说，他们已都不是陌生的名字。在老一代中国现代文学研究者中，著名的有吉林师范大学的蒋锡金同志，黑龙江大学的陈隄同志，而《萧红评传》的作者铁峰是黑龙江省社会科学院文学研究所的专业研究员，是一位正当年壮而精力旺盛的文学评论者。

另外，在香港发表过关于萧红的评论文字的名作家彦火、刘以鬯诸先生，对有关萧红的作品进行过认真研究的，有云之先生（八二年六月十一日香港《新晚报》）的专考，有中文大学中文系教师卢玮銮

（小思）女士，还有研究生杨玉峰先生的专论。总之，香港的研究者各有独到的见解，精辟的分析与评语。在这里就不多说了。

二

在内地呢，有的论者，已经把着重点转到萧红先生的文学作品的研究方面了，有的却还没有，而是着重于萧红个人身世，以及对于她个人不过是短短十年的既艰苦而又光辉的文学创作斗争历程的研究，甚至研究兴趣超过了她的作品。这是可以理解的。

因为在萧红过于暂短的富有斗争精神的一生中，正反映了我们中国三十年代的属于半封建半殖民地的历史，正反映了一个三十年代新女性所每每经历过的，从反封建的斗争逐渐走上反殖民地的民族革命的斗争，这是有它的代表性与典型意义的。因而有的作者不但以她的一生作为传记影片故事写了比较真实的剧本，而且由于传记的真实性的限制又改写为中篇小说，如刘慧心女士的作品，这是一方面；但由于着重于传记体的史料的研究，而又出现了烦琐式的考证，甚至于由一句有来历的话，而力辩与萧红的文学作品及斗争生活无关的家族方面的问题。有的编辑同志编本纪念集，竟然把当年迫害过她的封建势力的家族代表的父亲张某人的照片，也不加评语地刊载出来，仿佛这个萧红的父亲，却也由于萧红的光辉而光辉起来似的！仿佛鲁迅、茅盾与胡适、徐志摩、林语堂等人著作都可以并列于以共产主义的崇高理想为指导的当代革命现实主义的作品橱窗之内，而可以不区别以左联为核心的当代革命现实主义前期的新文学与新文化运动与改良主义作品之间的区别似的！于是，朦胧诗竟然也有人提倡了。

三

《萧红评传》的作者，据我所知，在萧红先生的家族、出身的研究方面，原是下了很大功夫，且也建立了自己的论点，做出过论辩的。

现在又摆脱了萧红的社会生活斗争与家庭斗争的局限，而转到对萧红的文学遗产领域方面的研究，并将两者结合起来，从中提炼出来于我们今天在发展中的革命现实主义有营养价值的东西，如果我说的不错，那么这是一个值得庆贺的开端。

因之，愿意在这里向读者做推荐。

四

自然，在对于萧红的文学生涯和文学遗产的分析与评论中，或有这样那样的偏颇处，但这也是难免的。

主要的是作者在这里对于萧红的文学生涯与作品，做了长时间的系统的研究，为我们全面地了解萧红的生活、思想和创作提供了某些资料和有益的东西。这就值得一读。

世界上总有吹毛求疵的人存在，处处求全求完美无缺，但我认为这是否定别人研究成果的一种手段。

世界上的任何事物，如求全就无一可取了！据说，电视与日历相结合的手表已经在西方出世了！但也还不能听广播，不能摄影，不能录音吧！不知我的这个论点是否属于偏颇之类？

是为序。

一九八二年九月十二日

写在《萧红选集》出版之前

一

过去的七十年代，国内的文学界，对于中国近代的女作家萧红的研究，开始趋于热潮，不管在萧红开始走向文学创作的发源地——哈尔滨，还是在萧红逝世的香港，都有一些关于萧红生平或作品的研究性文章先后发表，因之，过去还不清楚的问题，有的就明确了，过去笔者在《萧红小传》里有些失误处，也得到了详确的订正。

在后一类，例如，《萧红小传》称"远祖来自胶州半岛的掖县"，不对了，实际上却是"山东东昌府莘县的杨皮营"（见黑龙江出版社的《文艺百家》一九七九年第一期）。错误的原因，或是萧红在追述时，对于祖籍山东虽记得明确，但对于胶东和鲁西就没有甚么来自实际的概念了；再或者是笔者听时的疏失。又如萧红在哈尔滨住医院的时间，是在一九三二年冬天，不是一九三三年冬天，在这里所以出现差误，是由于萧红生前，只讲到住医院后的冷遇，以及萧军的骑士一般地对她的爱护，不惜以生命胁迫那个属于半殖民地"十里洋场"的医生为萧红注射有效的药品进行抢救式的治疗，却没具体讲到年限。因为她没有提及为自己家庭商定的"未婚夫"所欺、所骗的那一节，笔者就误认为是与萧军在商市街共同建立了家庭生活之后的事了。关于前一类，例如《小传》只提到《马伯乐》第一部，这是指在香港已出版的成书而言，至于《马伯乐》未发表的手稿，我认为应是第二部，现在既然知道《马伯乐》还有已在香港刊物上于一九四一年十二月八日之前发表了，但还未成书的"续篇"，那么为人所毁掉的该是《马伯乐》的"第三部"的手稿了！

既然《马伯乐》国内只有第一部，笔者还没有收集到《马伯乐》"续篇"的希望，那么这也就是为甚么在这个版本上，抽出了《马伯乐》而增补上《呼兰河传》的以桃代李的原因了！这也就是与人民文学出版社一九五八年编选的《萧红选集》的唯一的一部分差别，至于其他各篇，就仍如以前版本所选，并未更动。

二

关于萧红，现在还是记她的传略、生平的文字多，谈她在十年间遗留给现代文学艺术宝库里的作品的文字就显得少。我想，这主要的是由于萧红在半封建半殖民地的种种势力包围之中，以一个年仅二十岁的少女，从中冲杀出一条生路，没有一种非凡的坚韧不折的斗争性和勇气是早就滑向毁灭之渊了。就这坚韧而不折的勇气——依靠"普罗"文学界的朋友们的支助而凝聚的大无畏的斗争气魄，是会带给年轻的读者以鼓舞力量的，而这种斗争几乎贯穿了她一生，贯穿着她短短的十年的文学创作生涯。自然，在这种斗争过程中，也反映了为一个中国三十年代、四十年代杰出的女性人物所特有的柔弱处，这也是历史的必然性反映，因之研究萧红的那些文学艺术作品的任务倒仿佛居于"次位"了。

三

我却是由于其他的写作计划占据着脑力，如果作为文学评论家来研究她的作品，那是需要一定的时间和精力的。而我，关于和她相处最后的四十四天的《萧红简传》还未及写，就更谈不上对于她的作品做系统的研究了。

值得欣喜的是美国的萧红研究者葛浩文教授所写的《萧红评传》已经有了中文译本，虽然在某些历史情节上有失真处，但这是美玉之瑕，很难做求全责备的。且责任完全不在于作者，例如书末提及笔者与另外一个人在初到桂林不久，有过一次口角之争，事虽有因，却与甚么萧红遗著的版权完全无关。原因是萧红于一九四二年一月十二日离开皇后大道背后的一个书店职员宿舍，转到跑马地养和医院的当天晚上，不意《小传》中提及的那个 T 君，自动地搬了行李来陪住了。这时，太平洋战争早已过去，香港的僻静的街道上，虽然时常有背枪的双行日本陆战巡逻队靴声踏踏地出现，但战火总算熄灭了。街上偶尔出现了全身打扮都换了唐装的华侨，日本侵略部队也全然不闻不问。总之，人们的生活，已经又开始恢复安定，再也没有颠沛流离逃避战火之忧了！T 君的出现，自愿来陪住在战争爆发之始就为他所遗弃了的病者，在我是喜出望外的欢迎。总之，从一九四一年十二月八日一早战争开始，到一九四二年一月十二日，是一个月零四天，包括从思豪酒店五楼的房间迁转皇后大道背后与书店职员宿舍相邻的一间就是白天也需电灯照明的裁缝铺的作业间，先后经过四次的搬迁。经过这一个月零四天几乎与世相隔的生死相共的日日夜夜，我已经是疲惫不堪了。因为白天轰炸机声隆隆，黄昏炮弹从九龙越过海峡的呼啸声不绝于耳，有一次炮弹还击中了思豪酒店的楼墙，所受的惊恐和担忧的折磨不说，就是夜里，我还需要按时起床，像护士一样为病人倒水、送药，难得一个彻底的酣睡。

　　但我必须说，虽然生活使我这样劳累不堪，但这一个月零四天的如处世外一般的生活，我们相处的实如姊弟而又胜于姊弟的那种洁白而纯真的友情，使我们又完全忘却了战争，忘却了周围。我们谈的尽是一些过去各自走的艰辛的路程。她谈到与鲁迅先生的相识，有许多要在鲁迅先生面前倾诉而又一字说不出来的心情；我谈与冯雪峰同志相识，曾三次去他写作《卢代之死》的义乌家乡的经历和感受。我说过，仿佛他所住的乡间带阁楼的浙东农舍，是金碧辉煌的皇宫，光辉灿烂的智慧世界的天堂……总之，是相互交流人生阅历的一个月零四天。

我说，T君来得好，来得正是时候，我实在需要回到那个书店的职员宿舍去，安安静静地睡一觉。我答应萧红，第二天仍然到医院来，以便看医生的诊断结果，保证在没有得到她的同意之前，绝对不回九龙我自己的寓所去做探望的。

我是从十二月八日敌机轰炸一开始，就和同邻的著名话剧演员××告别，只锁上门，连领带也未及结就乘公共汽车去尖沙咀渡口对面乐道的萧红寓所，准备共计度过这段战争的隐避方法。我当初的底稿设计是去郊区的乡间，与农民共命运的。结果，从此就再也未能回九龙，我在墙上挂的两套西装丢掉，是可以再买的，但我在桂林用了几近两年之久的时间，在桐油灯盏下写的《人与土地》只交出去十多万字，还有二十万字的底稿留在箱子里，这是我唯一在战火中念念不忘的珍藏品，而萧红最担心的是我不告而别——冒险去九龙，因为当时"烂仔"还在夜间到处劫掠。总之，这是我和病者在四十四天相处中，第一次，也是唯一的一次离别。我必须说，萧红当时问我身上是否带着钱，我说，有钱。问多少？我说还有五元港币。萧红当即以百元一张的港纸相赠，要我一定带在身旁以防不意之需……总之，我第二天到了养和医院，医院已经诊断确认是"喉瘤"，准备动手术摘除，萧红只等我的意见了。她和T君两人都同意医生摘除"喉瘤"的方案。我当时虽然已是一个二十五岁的青年，但对于这些医疗方面的事是毫无知识和经验可谈的，除了同意，再也说不出别的话来。我哪里会想到尽管是有名的医院、有名的医生，有时也会误断的（从此以后，我对名医、名家虽然尊崇，但却不那么盲目而无保留地信赖了）。结果萧红交出一枚金戒指作手术费。我必须在这里说，头天我临走时，曾掷给T君百元港纸，我不知道T君为甚么又向萧红要一枚金戒指交"手术费"，难道一次手术竟这样贵么？但这仅仅是一个闪念而已，既未深思，也未过问。

　　手术之后，由于误诊得不到意想的效果不说，喉头安上铜嘴呼吸管，萧红的情绪就顿然低落下来，连说话，也有嘶嘶杂声作响了！

　　就在这天午后，病室内安置了喷氧的铜壶式装置，这完全牵移了我的注意力，不去进一步考虑院方那位名医的误断责任了。这喷氧装置同样嘶嘶在响，我在这样的情况下，自然就再也离不开了。黄昏后，萧红打发走T君，单独对我做了遗嘱式的关于《呼兰河传》和《马伯乐》两书版权的交代。当晚由我亲自向站在走廊上的T君如实做了转达，等和T君一起进病房之后，才有《小传》上关于"人类的精神，只有两种"那一节谈话。当时，显然萧红的精力还健旺，还能沙哑地说话，而且说的很多，记下来的却很少。

四

　　由于以上的原因，所以在那个T君擅自处理了萧红的骨灰瓶（我原是准备带往桂林，最后要遵从她的遗愿，送到上海，期望在鲁迅先生墓旁落葬的）后，而我当天就外出从蓬莱乡友杨家借到百元港币，准备离开香港去澳门转内地的时候，那个T君不知是为了弥补自己的过失，还是有甚么别的想法，总之，主动地写了萧红关于转赠《呼兰河传》版权的证明信，并到码头为我送行。这就是为甚么以后，我们澳门相遇还有能结伴同行的过从基础。

　　那已是我到澳门一周或十天左右的事了。对方是乘坐一条开赴印度的邮船，离开香港的。邮船一靠澳门码头，他就匆匆下船，在著名的版画家黄新波的寓所找到了我，说是本想下来看看的，不意果然碰到了笔者，提出愿意随我去桂林。我慨然相许之后，他就不想再回船上去了。问及东西呢？说还在船上，又问及萧红的《马伯乐》手稿呢？也同样说，留在船上。那么回船上去取吧！说，船上有人照料，而且即便回去取，恐怕也来不及了。这是《马伯乐》"续篇"之外未曾发表的那部分手稿所以"丢失"的经过。当时，我却以为或为同船的那位我不认识的朋友带到印度去了。而我所以同意和 T 君搭伴，当时也并非由于旅途需要有甚么照应，而是认为，过去的总算过去了，同是东北流亡客，看大节嘛！

因之，"版权之争"一类，纯属虚构。

实际上，不要说"版税"之类——在我们中国三十年代的左翼文艺界，一个青年作家为了真理以生命相许，或为了卫护自己的同志而宁愿牺牲自己的事，也不是甚么凤毛麟角。对全国来说，三十年代、四十年代，这样的作家和诗人，还是少数，但在以鲁迅为旗帜的左翼作家阵营内部来说，这部分人，却又是大多数。生命尚且不惜，何贵乎金玉！而这又是往往被一般以营利为目的的所谓"文化人"[1]所不理解的。

五

笔者说过，《萧红评传》失真之笔仅仅是来自我们中国方面传闻记载之失，是美玉之瑕，在所难免的，而它在萧红的文学作品上，却做出了为我们这一代本国的文学评论家（除了石怀池[2]之外）还未及做的研究，这是值得我们赞许的，虽然在某些观点上还有可商榷处，而在关于萧红的艺术表现方法和表现力的分析上，却有它的独到的见解，对于萧红作品的研究者来说，是有它的参考意义的。

六

现在国内，在黑龙江省作家协会的赞助下，据说哈尔滨已建立了

1　实际上，桂林的上海杂志公司虽然出版了《呼兰河传》，却并未付过我分文版税。自然我也没有去追讨过。最后，只是通知这家公司，版权由我收回，转让桂林"松竹出版社"出版而已。

2　石怀池：一九四五年在重庆写过关于萧红的论文，并出版过《石怀池论文集》。

萧红研究会，并由黑龙江省出版社出版她的全部著作。在这里所选的，只是萧红各个创作阶段的代表性作品，从笔力还幼弱的处女作《王二嫂之死》到笔力纵横自如，着墨如珠，艺术表现力已达艺术之峰的《小城三月》，可以看出，她的文学创作的整个的成长历程，如从一棵幼弱的柞树到它成长为覆荫半亩、枝叶蓬茂的橡树一样，这对于有志文学艺术创作的青年一代来说，就尤其是有它的启发式的鼓舞之力。可以说，这将与它在文风上所要起的影响，是一并有它的深远的意义的。